太阳和鱼

Selected Essays

〔英〕弗吉尼亚·伍尔芙 / 著
孔小炯　黄梅 / 译

上海文艺出版社

图书在版编目（CIP）数据

太阳和鱼／（英）伍尔夫著；孔小炯，黄梅译. —上海：上海文艺出版社，2015
 ISBN 978-7-5321-5857-7

Ⅰ. ①太… Ⅱ. ①伍… ②孔… ③黄… Ⅲ. ①散文集－英国－现代 Ⅳ. ①I561.65

中国版本图书馆CIP数据核字(2015)第247851号

SELECTED ESSAYS
by VIRGINIA WOOLF
Simplified Chinese edition copyright © 2016 by Shanghai 99 Readers' Culture Co., Ltd.
All rights reserved.

总 策 划：黄育海
责任编辑：谢　锦
选题策划：邱小群　骆玉龙
封面绘图：杨　猛
封面设计：高静芳

太阳和鱼
［英］弗吉尼亚·伍尔芙 著　孔小炯　黄梅 译
上海文艺出版社
上海市绍兴路74号
新华书店经销　山东德州新华印务有限责任公司印刷
开本787×1092　1/32　印张8.875　字数152,000
2016年10月第1版　2016年10月第1次印刷
ISBN 978-7-5321-5857-7／I·4678
定价：35.00元

目录

译　序　孔小炯　1
爱犬之死　1
夜幕下的苏塞克斯　6
伦敦街头历险记　11
飞蛾之死　30

安达鲁西亚客栈　35
楸园杂记　41
一个修道院的教堂　52
夜行　54
飞越伦敦　58
威姆伯利的雷声　68
太阳和鱼　74

三幅画 83

钓鱼 89

老格莱夫人 96

女人的职业 99

笑气 108

论生病 112

空袭中的沉思 131

轻率 138

"我是克里斯蒂娜·罗塞蒂" 146

《奥罗拉·李》 157

玛丽·沃斯通克拉夫特 174

《简·爱》与《呼啸山庄》 184

妇女和小说 194

论现代小说 206

论现代散文 219

电影 237

绘画 245

歌剧 253

笑声的价值 259

街头音乐 264

译 序

不管是出于什么原因,当爱德华·阿尔比戏谑地影射英国女作家弗吉尼亚·伍尔芙是一头狼(Wolf)[①]时,他必定想到过,在如今这个妇女常说男人是"猪猡"的时代,这位才智过人的女性,不仅是名字只比那凶残的动物多了一个字母——发音则完全相同,而且也确实是位咄咄逼人,令大男人害怕的铁杆女权主义者,受此"狼"誉,当之无愧。

弗吉尼亚·伍尔芙出生于伦敦,父亲莱斯利·斯蒂芬爵士是英国著名的学者和作家。斯蒂芬爵士博学多才,性好交往,与当时文坛名流如哈代、亨利·詹姆斯、梅瑞狄斯、埃德蒙·戈斯等过从甚密。他有着极其丰富的藏书,使弗吉尼亚很早就得以见识了柏拉图、斯宾诺莎、休谟以及各种各样的名家杂说。优越的家庭环境使弗吉尼亚获益

[①] 爱德华·阿尔比(1928—),美国戏剧家,1962年曾创作过一部名为《谁害怕弗吉尼亚·伍尔芙》的剧作。剧名有意摹拟美国动画片大师沃尔特·迪斯尼的著名动画片《三只小猪》中的主题歌《谁害怕大恶狼》,故云。

匪浅，并培养和造就了她深湛的文化素养以及高雅的审美趣味。

一九〇四年，在斯蒂芬爵士逝世后，弗吉尼亚全家迁居到伦敦的文化中心布卢姆斯伯里。弗吉尼亚和她的兄弟颇有其父遗风，广交文友，使她的家成了一个文学艺术的中心，吸引来了许多知名的文化人，如传记作者利顿·斯特雷奇、小说家福斯特、画家和艺术批评家罗杰·弗赖伊等，以致到后来形成了在文坛上颇有名气的布卢姆斯伯里集团，一个具有"最敏锐的审美观"的文艺派别。

一九一二年，弗吉尼亚与"剑桥出身的知识分子"作家伦纳德结为伉俪，两人志趣相投，于一九一七年创办了霍格思出版社，介绍出版了许多文坛新人的作品，这些作者后来有不少成了大家，足见伍尔芙夫妇俩的艺术鉴赏能力确属不凡。

斯蒂芬爵士的遗产给了他的孩子们一个安逸和富裕的环境，使弗吉尼亚一生都无需为生计操劳——所以，在她收到第一笔稿酬后，她无需考虑去买面包或付账单，而是"上街买了一只猫，一只漂亮的波斯猫"（《女人的职业》）。但是老天爷似乎总在想证明它的不偏不倚和平衡有方，在给了弗吉尼亚一个幸福的家庭和挚爱着她的丈夫后，却又让疯狂伴随了她的一生——从一九〇四年夏天二十二岁的她第一次精神崩溃，跳窗自杀未成，一直到一九四一年她在苏塞克斯的马斯河投水自尽。这段期间内,她的精神疾病再三发作,令她不堪忍受,多次自杀未遂。她最终的弃世对她来说是一个解脱:她不用再害怕疯狂的降临,也不用再担心会给"赐予她一生幸福"的丈夫增加负担了。

弗吉尼亚的个性极度敏感,思维迅捷几至失控的地步,情绪也容易波动,这对于她的文学创作来说,却有着积极的意义。所以人们不时提及伍尔芙的疯狂与创造性之间的联系,而她自己也曾说起她是在"疯狂的熔岩"中找到创作主题的。一九三一年她创作《波浪》的结尾部分时,感觉到疯狂已近在咫尺:思维飞掠在前而理性却在后面跌跌绊绊。"……我似乎仅仅是跟在我自己的声音(思想)后蹒跚着,或者几乎是跟在某个说话者后(就像我发疯时一样)。"[①] 当然,就像伍尔芙的精神问题仍难于有个确切的解释一样,想对此下结论也将是一种奢望。

弗吉尼亚·伍尔芙的创作相当丰富。在小说方面,从一九一五年的处女作《远航》开始,相继出版了《夜与月》、《雅各的房间》、《达洛维夫人》、《波浪》、《到灯塔去》、《幕间》等作品。在她的小说创作中,弗吉尼亚不满意传统小说的创作手法,力图描绘内在的、主观的,因而

[①] 林达尔·戈登,《弗吉尼亚·伍尔芙:一个作家的生活》,牛津大学出版社 1984 年版。可参见其中"疯狂的问题"一节。

也更具有个人特点的经验,孜孜不倦地在理论和创作两个方面探索着改革小说形式的各种可能性。而在伍尔芙的小说,尤其是在那些以意识流手法创作的小说中,表现形式与作品的意境,与她欲表现的"直觉的意识和自发的情感"是结为一体,融洽无间的,从而使她的作品具有一种诗意,同时也使她当之无愧地成为意识流小说的代表作家之一。

除了使之享誉世界的那些小说,伍尔芙也写散文。这项创作活动贯穿了她四十年的文学生涯。她是《泰晤士报文学副刊》、《耶鲁评论》、《大西洋月刊》等英美重要报刊杂志的特约撰稿人,发表的随笔、书评、人物特写、游记以及论文等总计有一百多万字。

作为一个几乎是狂热地喜欢写作,并以此为乐而又不愿受任何传统的惯例俗套束缚的作家,散文体也许更适合于伍尔芙那探幽索微的思维触角和纵横无忌的笔头,更能淋漓尽致地表现出她的才华。渊博的学识、机智的思维、不同凡俗的趣味使她的随笔自然地具有一种高贵的格调。它们娓娓道来,用其独特的敏锐和机智,用"与水与酒一样的清纯"(《论现代散文》)拨动着你的心弦,给你一种高雅的智慧上的享受。正是因了这"是谁也模仿不了的完完全全的英国式的优美洒脱,学识渊博",伍尔芙被誉为"英国散文大家中的最后一人"。

为了使读者能对弗吉尼亚·伍尔芙这位"英国传统散文的大师"、"新散文的首创者"的作品有一个大致的了解,我们从她生前出版以及身后由其丈夫编纂出版的随笔集《普通读者》(*The Common Reader* 1925, *second series*, 1932)、《瞬间集》(*The Moment and other essays*)、《飞蛾之死》(*The Death of the Moth and other essays*)、《船长弥留之际》(*The Captain's Death Bed and other essays*)、《花岗岩与彩虹》(*Granite and Rainbow: Essays*)、《弗吉尼亚·伍尔芙随笔集》(*Collected Essays* 4.*Vols*)等中,分别选译了一部分文章,以飨读者。

从这些选译的散文中,我们已可看出,伍尔芙确是一位具有独特见解,思想激进的女作家。她敢于批评当时颇有名气的那些"唯物主义者"作家。她指出现代小说的重心应该从外部世界的反映转向对内心世界的表现,而作家的任务就是记录心灵对于各种印象的被动的感受。传统的小说形式已不适合表现现代人的心灵,应该被现代的心理小说所取代(《论现代小说》)。这种反传统的见解在当时独树一帜,使得后来许多研究者都倾向于把伍尔芙的这篇论文视为现代主义的美学宣言,是在为"意识流"摇旗呐喊。

同样,作为当代女权运动的一个先驱人物,伍尔芙也常常会在她的散文中,有意无意地或直接间接地透露出她那激烈的女权主义观点。她有这样一个古怪的念头：这个世界是男人创造的，而她作为一个女人，无须对这个世界的混乱负责，因此她从来不去考虑改进社会与世界的事情。除了张扬女权，她至多就是指出这个世界的缺陷，随后就打道回府了。在本书那些涉及社会环境的译文中，我们可以很清楚地感受到这一点。

伍尔芙从女权论者的角度来探讨幽默，也是出乎意料和有趣的。她认为喜剧具有女性的性别，妇女是喜剧精神的主要体现者。妇女在学术界遭人白眼，就是因为她们具有不受世俗束缚的嘲笑力量（《笑声的价值》）。

此外，伍尔芙对于妇女从事各种职业所碰到的心理障碍以及各种传统的留难的分析（《女人的职业》），也具有一位女权主义者的深度。总之，无论是在文学理论方面，还是在女权的张扬上或是其他方面，伍尔芙的观念都体现着一种历史的进步在个人身上显示出来的独特性。

伍尔芙的这些散文也表明她极其重视个人的主观感受和印象。从《〈简·爱〉与〈呼啸山庄〉》、《钓鱼》等文章中，我们可以感觉出一种印象式的而不是分析性的批评，这种批评依据的就是批评家本身的常识、直觉、感触以及印象。这是因为她宁愿像一个普通的读者那样去阅读，写出自己的印象、感受，也不想像学者那样指手画脚，大发议论。而在那些描叙客观环境与事物的散文如《夜行》、《夜幕下的苏塞克斯》、《伦敦街头历险记》等文中，她更是色调鲜明地描绘出了大自然留给她的印象与感受。看着那一幅幅由文字涂抹出来的明艳画面，不由人不想到称她为"印象派文学家"确是非常合乎实际的。

这一特点也许并没有什么可大惊小怪之处，因为它可能就是伍尔芙重视直接而强烈的生活印象的基本思想在她自己的创作中的一种自然的延伸，当然其中还渗透着印象主义艺术批评家罗杰·弗赖伊的美术理论的深刻影响。

伍尔芙的散文给人的另一个印象是其想象的奇特和写作的随意。她能够连飞机机舱都未曾进去，却凭自己的想象力到九天上下遨游一番，向读者展现了一个映现在其想象之眼中的由色彩、光影等构成的奇异的空中世界（《飞越伦敦》）。而当她让我们的眼睛驾驭着想象，在那条奇异的河流上捕捉那条不朽的鱼（《太阳和鱼》）；让我们在牙医的诊治椅上，在麻醉状态中扑腾于那黑色存在的水波中，发现两个世界的差异时（《笑气》），我们更是无法不惊叹其想象的匪夷所思了。

这种奇异的想象也许和伍尔芙的个性、敏锐的思维、她所信奉的美学原则等有密切的关系，但是她对于写作的态度无疑也在影响着她的想象力。她喜欢写作，但并没有功利目的，因为她不用为生存考虑，也不想替这个由男人造成的混乱世界承担责任。她喜欢写作是因为写作带给她一种高雅的创作乐趣。当她从自己美学原则的泊锚地扬帆出航时，我们完全可以说，导引着她的就是感觉。跟着美和愉悦的感觉走，用在伍尔芙身上并非夸张之辞。在《论现代散文》中，她一再指出写作的原则是愉悦，阅读的目的也是取乐。而在她自己的创作中，这个态度也极为明显。《论生病》一文，开首是议论在文学作品中疾病很少获得恰如其分的对待，人的躯体在小说家眼中只是一片薄玻璃，无碍于他们对灵魂的观察。文章对此提出异议。本来就此追觅深入下去，很可发挥一番。然而伍尔芙活跃的思维不愿局限于这种乏味而带功利性的探讨，她的笔头一转，自得其乐地开始嘲弄起那些探视病房的人，并且品评着病人喜欢看的书籍。话题越扯越远，直到最后仅有若有若无的文思把整篇文章贯穿在一起。

这样的散文创作，无疑能让作者的想象，无论多么奔放无忌和别出心裁都有用武之地，也使得文章妙趣横生。而且它在使伍尔芙享受到写作的乐趣的同时，也符合她的文学主张："让我们按照那些原子纷纷坠落到人们心灵上的顺序，把它们记录下来，让我们来追踪它们的这种运动模式吧。"（《一位作家的日记》）

但是这样的写作态度也使文章显示出一种随意性。读者会觉得按照传统的阅读习惯,很难把握伍尔芙的某些散文。不过如果能跟着她飘荡的思绪和奔放的想象循迹前行,读者倒是能得到一种智慧的洗礼的。

弗吉尼亚的丈夫伦纳德在追求她时,曾在日记中这样描述她给他的印象:"每当我想起艾丝帕夏[①],我的脑海中就出现了背依冷冰冰的青天、遥远而清晰地矗立着的山峰,峰顶覆盖着积雪,没有被太阳晒融过,也没有人曾涉足过。"在阅读弗吉尼亚·伍尔芙的散文时,我们也会产生这样一种超凡脱俗的印象和感觉。它既来自于伍尔芙高雅的趣味和渊博的学识,也来自于她运用结构复杂的长句以及冷词僻语的才能。所以,虽然伍尔芙素以文风优美著称,但要想在译文中重现其原文的风采,却是极其困难的。译者作了努力,但不知距那座山峰究竟还有多远。

孔小炯

[①] 艾丝帕夏,公元前五世纪左右,雅典的一个具有高度文化素养的名媛,是雅典政治家佩里克斯的伴侣。伦纳德在日记中以此称呼弗吉尼亚。

爱犬之死

那是一个炎热的下午，坐在街角的那个上了年纪的女乞丐已趴在她的西瓜上睡着了。阳光似乎在空气中嗡嗡作响，衰老的猎狗弗拉希靠街上阴凉的一边，顺着它所熟悉的道路，跨着碎步向市场的方向跑去。整个市场阳光耀眼，到处都是凉篷、小摊和色彩艳丽的遮阳伞。女贩们坐在水果筐旁，鸽子拍打着翅膀，钟声在响个不停，马鞭声噼啪作响。佛罗伦萨的各色杂种狗在市场里跑来跑去，这儿嗅嗅，那儿扒扒。整个市场就像蜂房一样热闹，又像火炉一样灼人。弗拉希到处寻找阴凉的地方。它跑到它的朋友卡特琳娜身边，躺卧在她那大筐子的阴影里。一个装着红黄两色鲜花的褐色水罐在边上投下了一道影子，它的头顶上是一座右手伸向前方的雕像，雕像的影子投下来，加深了这一片阴影，使它成了紫色。弗拉希躺在阴影里，观望着小狗们嬉戏玩耍。它们叫着、咬着，伸懒腰打滚，尽情地享受着青春的欢乐；它们互相追逐，跑来跑去，兜着圈子，就像它曾经追逐胡同里的那条西班尼尔狗一样。有那么一阵，弗拉希的思绪又回到了雷丁。它想起了帕先生的西班尼尔狗，想起了它的第一个恋人，想起了它青春的狂热和天真。是啊，它有过自己春风得意的日子，它并不妒嫉它们。它已经充分地享受了生活在这个世界上的快乐，现在已没有什么可抱怨的了。女贩伸手到它身背后搔了搔。弗拉希过去经常偷吃她的葡萄，或干些别的坏事，为此它没少挨她的巴掌。可现在弗拉希老了，她也已不年轻，弗拉希替她看西瓜，她就替它搔耳朵；现在她在织毛衣，弗拉希则在打瞌睡。剖开的大西瓜露出粉红色的瓜瓤，引得苍蝇嗡嗡地围着西瓜直打转儿。

阳光透过百合花的叶缝，透过那些五颜六色的阳伞惬意地照射下来。大理石雕像减弱了阳光的热度，使它变得像香槟酒一样凉爽、清新。弗拉希躺在那儿，任凭阳光穿过它那稀疏的毛发，直晒在它裸露的皮肤上。市场里的人们一直在叽叽喳喳地讨价还价。买东西的女人不断地走过它的身边，又不时地停下来，用手指摸摸那些蔬菜和水果。集市上永远响着嘈杂的声音，弗拉希很喜欢听这种声音。过了一阵，它在百合花的阴影下面昏昏沉沉地睡着了，沉入了睡梦中。没多长时间，它的脚突然一阵痉挛——是否它梦到了自己正在西班牙追逐野兔：它正顺着被晒得灼热的山坡往上疾跑，身旁一群皮肤黝黑的人正叫着："兔子！兔子！"同时，野兔则正从灌木丛中窜逃出来？可再过了一会儿，睡梦中的弗拉希又快又轻地吠叫起来，接连叫了许多声——或许是它听见了老主人正在雷丁催促着它这条灵犬前去追猎吧？又过了一阵，它的尾巴局促不安地摇晃起来——莫非是它梦见了老半特福德小姐站在萝卜地中愤愤地挥动着雨伞，而自己则正溜回到她的身边，听着她呵斥"坏狗！坏狗！"而后，它打起呼噜来，陷入了幸福的晚年才会有的那种深沉的酣睡之中。突然，它身上的每一块肌肉都抽搐起来，使得它猛然惊醒过来。它觉得自己似乎在什么险恶之境中——莫非又落入了怀特教堂的那群恶棍之手？莫非刀子又架到了它的喉咙上？

不管它做了什么梦，总之它恐怖地从梦中惊醒了，撒腿便跑，仿佛它正从死里逃生，要去寻找一个藏身之所。女贩们见此状况，全都哈哈大笑，向它扔着烂葡萄，呼唤它回去。但它丝毫不理睬她们。它在大街上横冲直撞，大车的轮子几乎压着它，使得站着的赶车人连声咒骂，举起鞭子向它抽来。它飞跑过一群光着半截身子的孩子身边，那些孩子一边向它投掷鹅卵石，一边高叫："它疯了！它疯了！"母亲们赶紧跑到门口，把他们拉了回去。弗拉希真的疯了吗？是太阳晒昏了它的头，抑或是它又听到了维纳斯的猎号，还是某个美国的促战精灵、某个隐匿在桌腿中的精灵终于又俘获了它？总之，不管是什么原因，它笔直地往前疾跑着，从一条街跑到另一条街，一直跑到自己家的大门。它径直跑上楼梯，又径直地冲进起居室。

布朗宁夫人正躺在沙发上看书，它冲进去时，吓了她一跳。她抬头看了一眼。哦，原来并非什么精灵，只不过是弗拉希。她微笑起来。当它跳上沙发，把自己的脸凑到她的脸旁时，昔日她题写的诗歌突然映现在她的脑海中：

……
我躺着，双颊未干，
突然，枕边伸过来一个茸茸的脑袋，
就像猎神紧挨着我的脸。
一双澄澈金黄的大眼令我惊叹，
一只下垂的耳朵搭上了我的脸，
欲将那泪珠儿擦干。
我始而一惊，像一个阿卡迪人，
面对着暮色中树丛里的猎神，不禁愕然。
可是，当这毛茸茸的头
擦去了我脸颊上的泪痕，
我明白了：那是弗拉希在我面前。
对猎神的真心感谢，

胜过了悲哀和感叹。
猎神呵，您通过普通的动物，
把我引向了爱的圣殿。

这还是她多年前在温坡尔大街时写下的诗，那时她很不快乐。许多年过去了，她现在很幸福，但是她已经开始衰老，弗拉希也一样。她俯身瞧瞧弗拉希，真怪，她那宽大的嘴，大大的眼睛，浓密的鬈发，使她的脸仍然与弗拉希古怪地相像。他们各不相同，却似乎又出自同一个模型。他们或许已互为补充，唤醒了对方身体里沉睡的东西。但她是一个人，而它却是一条狗。布朗宁夫人继续看她的书，过了一会儿，她又看看弗拉希，可是弗拉希却没有抬头看她，它身上发生了一种异乎寻常的变化。"弗拉希"，她叫道，但弗拉希一声不吭。它曾经是生命之物，可现在生机已离它而去了。奇怪的是，起居室里的那张桌子却仍然静悄悄地站在那儿。

夜幕下的苏塞克斯

　　夜晚对苏塞克斯是一片慈爱之心，因为苏塞克斯已不再年轻，所以对那层夜之薄纱她是感激不尽，就像一个上了年纪的女人，在灯被覆盖上遮光物，以致仅有其脸的轮廓隐约可辨时同样的高兴。苏塞克斯的轮廓仍然非常的美妙：峭壁悬崖一个接一个地突伸到海面上。伊斯特伯恩港、贝克斯山、圣利奥纳茨街的广场、小客店、串珠店、蜜饯店、公告、病残者、大型游览车，都已销声匿迹，所剩下的就是十个世纪以前威廉王从法国渡海而来时就存在着的东西：一条扑向大海的悬崖线。同样，田野也从夜色中获益匪浅。而海岸上斑斑点点的红色小屋被稀薄清澈的大气、棕色的湖水冲刷着，那红色和房子都淹溺于其中而模模糊糊。这个时候点灯尚嫌早，要让星星闪烁也未到时候。

　　但是，在某一像现在那样美不胜收的时刻，总是会有某种刺激的沉淀的，心理学家必定能解释这种现象。人们抬头观看，被比他们所期待的更为逾越常规的宏大的美震慑住了——拜特尔上空出现了粉红色的浮云，田野中色彩纷呈，大理石似的。人们的知觉就像一只被冲气的气球那样迅速地膨胀起来；然后，当所有的一切都被吹得极端地饱满、显示出美、美、美时，一根针戳了上去，于是它又瘪了下来。但是，那根针是什么呢？就我所知，这根针与人们自己的软弱无能有着关系。我无法掌握它——我无法表达它——我被它压倒了——我被制服了。人们的不满就在那地区的某个地方。而且它与那种见解密切关联着：人类的本性需控制支配它所接受的所有一切东西。而支配在此意味着那种能传达出人们现在在苏塞克斯所看到的一切的能力，这样别人就能与你一起共享这良辰美景了。再进一步说，还存在着另一次针戳：人们正在浪费自己的机会。因为美渗透了他们的右手和左手，也渗透到他们的背后。它无时不在逃避。人们只能够给一股能注满浴缸、湖泊的急流奉上一只顶针。

但是且放弃，我是说（众所周知的是在这样的环境中，自我怎么一分为二；一个自我是急切的和不满足的，而另一个则是严厉的和充满哲理的）放弃这些不可能的渴望，要满足于我们面前的景观，要相信我告诉你们的东西：最好安坐勿躁，悉心沉浸于其中；要消极，要接受，而且别自寻烦恼，因为本性已给了你六把袖珍小刀用于切割鲸鱼的躯体。

然后，当这两个自我就美呈现于面前时考虑应以什么明智的方式去接纳时,我(一个现在站出来的第三者)对自己说,能享受如此简单的一项消遣可真是他们的幸福。在汽车驰向前去时,他们就坐在那儿,注意着一切的一切:一个干草垛,一片褪色的红色屋顶,一个池塘,一个背上扛着麻袋回家的老人;他们在自己的彩色汽车盒里分配着天际和地面的所有色彩,给苏塞克斯的那些小小的谷仓和农屋的模型涂抹上在一月份的阴郁天气中显得异常美丽的红色光彩。但是有着某种差别的我却疏远而忧郁地坐着。在他们如此忙碌之时,我自言自语:去吧,去吧;结束吧,结束吧;过而完结,过而完结!我感到生命甚至就像那条道路一样消失在后面,我们已经结束了那段生命的旅程,早已被遗忘殆尽。在那儿,我们的生命之灯仅在窗口闪烁了一刹那,现在那灯光已熄灭了,其余的人则正接踵而来。

然后,突然之间,第四个自我(一个埋伏着的自我,显然是处于冬眠中,出其不意地跳将起来。它的评说往往与已经发生之事全然无涉,但是由于他的直言不讳,也必须仔细对待)说:"快看那!"那是一点光,明亮、古怪,而且无法解释。有那么一瞬间我都不能称呼它。"一颗星星。"在那一瞬间,它就那样奇异而出人意外地闪烁、跳跃和发出光芒。"我懂你的意思了,"我说,"你,你是飘忽不定和冲动不已的自我,你感到下方的灯光是浮现和悬荡在那儿的未来。让我们尝试着去理解这一点,去推断这一点吧。我感到我突然间属于未来,而非附庸于现在了。我想起了在未来五百年间的苏塞克斯:大部分粗俗不堪的东西将会消逝——被烧光、灭绝,将会出现有魔力的大门,电吹扇的柔风将拂遍整幢房子,稳定的强光将照向大地,发挥效力。看那山中移动着的灯光,这是一辆汽车的灯光。未来五百年间的苏塞克斯,无论白天或晚上,都将充满着富于魅力的思想、迅捷而高效的光柱。

太阳现在已低垂于地平线下,暮色在迅速地扩展。除了照着路边篱障的路灯正逐渐暗淡的光线,我的自我中没有一个再能看到任何东西了。我把它们召集拢来,"现在,"我说,"该是为我们自己盘算的时候了。我们得集合起来了,凝成为一个自我。因为除了我们的灯光在持续地照耀重复着的道路和堤岸的楔形边缘,再没什么东西可看了。我们得到了完美无缺的供应,而且被包裹在温暖的毯子中,无风雨侵袭之虞,也没有人来打扰我们,所以该是清算的时候了。现在,我,主持这个团伙的人,将作出安排,以便我们所有的战利品都能陈列出来。让我来瞧瞧,今天是带来了不少的良辰美景:茅舍农屋,突伸于沟上的悬崖峭壁,云纹状的田野,色彩纷呈的原野,红羽毛似的天空,等等,等等;也还有人的消失和死亡,隐逝的道路,亮了一刹那又呈黑暗的窗子,突然起舞的灯火（那是悬挂于未来之上的）。那么，今天我们所获得的，"我说道，"就是这些了：那种美，个体的死亡，以及未来。注意，我将创造一个形象来满足你们的好奇心。他来了，这个小小的人物形象，通过美，通过死亡，前往经济发达的强有力的未来（到那时，房屋将由一股热气流来吹拂清洁），他是不是能满足你们呢？注意他，就在我的膝盖上。"我们坐在那儿，看着我们这天所创造的形象。巨大的纯岩石块和丛生的树木包围着他。有那么一秒钟，他显得非常、非常地庄重。说真的，事物的真实性看起来似乎就在那块毛毯上展现了出来。一阵强烈的冷颤贯穿了我们全身，恰如一股电流进入了我们的身体。我们不由得一起喊了起来："没错，没错。"宛如在瞬间的相认以后想肯定某种东西似的。

而后，到目前为止一直默默无语的躯体开始唱起歌来，一开始几乎就像车轮的滚动声那样低沉："鸡蛋咸肉，烤面包加茶，炉火和浴室，炉火和浴室，炖野兔肉，"声音继续着，"还有红葡萄果酱，葡萄酒，接着是咖啡，接着是咖啡——然后上床，然后上床。"

"你们走吧，"我对我那些集合起来的自我说，"你们的工作已经完成了，我宣布解散，晚安。"

于是，余下的旅程就在我自己躯体的美妙交往中完成了。

伦敦街头历险记

也许没有人曾对一支铅笔感到情不可抑，然而，在某些环境条件下，拥有一支铅笔会变得极端地令人渴望，这些时刻就是我们被驱使着去确定一个目标，找到一个借口，以便在茶点与晚餐之间的时间里可以步行横穿半个伦敦。恰如猎狐者去狩猎以贮存各种狐狸的品种、高尔夫球手去玩球以便从建设者手中保存下一块空地一样，当那种上街漫游的欲望袭上心来时，铅笔确实是个借口。我们站起身来说："我真的必须去买支铅笔。"仿佛在这个借口的掩饰下，我们就能安全地沉溺于那种冬天城市生活中的最大乐趣——浪迹于伦敦街头——之中了。

时间应该是晚上，季节则在冬天。因为在冬天，空气中的那种香槟酒色的亮光和街头的融洽气氛令人感到愉快，而我们也不会像在夏天一样，被那种对遮荫处、对孤独和从草地上吹来的爽风的渴求所奚落嘲弄。夜晚也给予了我们一种由黑暗和灯光所授予的放纵的感觉，我们不再全然是我们自己了。当我们在四点与六点之间，走出家门，步入了那美妙的夜色中时，我们蜕下了那层我们的朋友所熟知的自我之皮，变成了由无名的步行者组成的那支巨大的共和国军队中的一员。在自己的房间里饱尝寂寞以后，与这些步行者的交往显得极其的惬意和心醉神迷。因为在自己的房间里，我们坐在那儿，四周都是些表现着我们性情的奇异和唤起我们对经历的记忆的物件儿，那只搁在壁炉架上的碗，比如说，是于一个冬日里在曼图买的。正当我们要离开商店时，那个满脸不祥之色的老太婆抓住我们的裙子，说她再过几天就要饿肚子了，可是，"拿了它吧！"她喊叫着，把那个蓝白色相间的瓷碗塞到我们手里，仿佛她永远不想再记起这堂吉诃德式的慷慨大方了。于是，我们一方面怀着负罪感，另一方面又怀疑着自己是否被骗得惨不忍睹，带着那瓷碗回了旅馆。而在小旅馆，老板会在夜深人静时，与他的妻子争吵得几乎要翻天，以致我们全都探身到院子中去看是怎么回事，不过映入眼帘的却是缠绕着亭柱的藤蔓和天空中白炽的星星，这一时间片段是凝固而稳定的，就像一块硬币，把它从千百万于不知不觉中从身边流逝的时段中标示了出来。那儿，则是个忧郁的英国人，他从那些咖啡杯和小铁桌子中站起身来，袒露了他灵魂的秘密——就像旅行者的所作所为。所有这些——意大利，风声呼啸的早晨，缠绕在亭柱上的藤蔓，英国人和他的灵魂秘密——都从那只搁在壁炉架上的瓷碗中像云雾似地升腾起来。当我们的视线落到地板上，看到了地毯上那个棕色污迹，就想起这是利奥德·乔治先生的所作所为。"那人是个魔鬼！"卡明斯先生说着，把那只他准备用来倒茶水的炊壶放到地上，于是就在地毯上烧出了一个棕色的圆圈。

可是，当家门在身后关上，所有这些都消失得无影无踪了。我们的灵魂分泌出来以盛容自己、以使自己具有区别于他人的外形的那贝壳似的覆盖物破裂粉碎了。在舍弃了所有这些皱褶和粗糙以后，剩下的只是一只知觉的牡蛎，一只巨大的眼睛。那冬天的街道是多美啊！瞬息之间，它就袒露出来，又隐晦下去。人们只能模模糊糊地用眼睛追踪那无数的门窗构成的平衡笔直的大道。在路灯下，浮动着一座座苍白的光线之岛，男人和女人晃眼地快速穿行着；这些男男女女，尽管衣衫褴褛，穷态毕露，却显出某种非现实的样子、一种胜者的氛围，仿佛他们钻了生活的空子，于是，受了她的牺牲品的欺骗的生活就没管他们而继续跌跌绊绊地往前走了。但是说到底，我们只是平稳流畅地滑行在它的表面上。那眼睛并不是矿工，也不是个潜水员，不是个寻找埋宝者，它只是使我们平稳地顺着小溪漂浮下去，栖息，暂时停止，而大脑或许像它所显示的那样在安眠着。

此时的伦敦的街道是多么美啊！那光线之岛，那黑暗的长长"树丛";在它的某一边,或许还有点缀着树木、铺设着草坪的空间——在那儿,夜蜷缩着自自在在地安然入睡。人们经过铁栅栏时,听得到树叶和小树枝轻微的噼啪声和振动声(这似乎在预示着那环绕着它们的四野的寂静);一只猫头鹰在鸣叫;远处还传来了峡谷中火车的铿锵行驰声——这一切是多美啊!但是,我们记了起来,这是伦敦城。在那光秃秃的树木中,高悬着的是长方形的红黄色光晕——窗户,那点点像低垂的星星似地稳定地炽烧着的光亮是灯,这块空旷的土地——具有着乡村味儿以及田野的宁静——只不过是伦敦的一处广场,四周矗立的是办公楼和住房。在那些建筑物中,此时强烈的灯光正照在地图上,照在文件上,照在有职员坐在那儿用湿湿的手指翻找着无穷无尽信件堆的办公桌上;或者壁炉的火光摇晃着满室闪动,而电灯光则垂照在某个起居室的隐秘处,照在它的安乐椅、它的报纸、它的瓷器、它的镶嵌精美的桌子以及一个女人的形体上——这女人正精确地在斟量所用茶叶的准确匙数,以便——她抬头看看房门,仿佛听到楼下有门铃声,有某人在问:她在家吗?

然而我们必须断然停笔了,因为我们已处在挖掘得比眼睛所准许的更深的危险之中了。由于抓住某些枝杈和树根不放,我们正在阻碍我们的文章顺畅地顺流而下。

任何时刻，那支睡眠的大军都可能振起，而作为回报，在我们心中唤起了成千上万的小提琴和喇叭声，人类的大军会站起来，表现出自己所有的奇特之处，所有的苦难和悲惨。让我们再稍微延误片刻，当然仍只是满足于表象：那公共汽车光可鉴人的明亮，那肉店里有着黄色肋排和紫色肉块的壮观；那透过花店的窗玻璃如此无畏地燃烧着的蓝色和红色花束。

因为眼睛有这样一种奇异的特性：它只栖息于美之上，就像蝴蝶一样，它寻求的是色彩和温暖的乐趣。在像这样的一个冬夜，当大自然已是痛苦地在扮饰和装点自己时，它带回来了最美丽的奖品，小块的翡翠和珊瑚，仿佛整个地球都是由宝石构成的。它所不能够做的（此处说起的是普通的、非职业性眼睛）是以一种更为晦暗的方式来构成这些奖品。因此，在经历了对简单的糖食、对纯粹而未经融合的美的节食以后，我们开始感觉到了饱足。我们在靴子商店门前止住脚，找了一些与真正的理由风马牛不相及的借口，以结束在街道上那种风风光光的观览而退回到某个阴暗的居室中，在那儿，当我们顺从地抬起左脚搁到架上时，我们会问："那么，做个矮子又会像什么样呢？"

她由两个女人陪伴着走了进来，那两个普通身材的女人在她身边看上去就像两个仁慈的巨人。她们向着店里的女孩儿微笑，似乎完全没把她放在眼里，同时又让她信任她们的保护。她的脸上露着通常出现在畸形人身上的那种乖戾然而又抱歉似的神情。她需要她们的慈爱，但是又恨这种慈爱。可是当女店员应召过来，那两个女巨人溺爱地微笑着要求为"这位夫人"挑鞋，而店员把那个小小的脚架推到她面前时，那个矮子迅疾地伸出她的脚，似乎想抓住我们全部的注意力。看看这！看看这！她把脚猛伸出来，好像是要我们全都注意到这是一位成年女性的一只有形有状、比例完美无缺的脚。它略呈弓形，贵族气十足。当她注视着停栖在脚架上这只脚时，她整个的态度都改变了，显得既宽慰又满足，充满了自信。她站起身来，单腿站立在一面镜子前，轮流照着她那穿着黄色鞋、鹿皮鞋、蜥蜴皮鞋的脚。她提起小小的裙子，显露出她那小小的腿。她心中在想：脚毕竟是整个人身上最为重要的部分，女人，她对自己说道，只是因了她们的脚才受人爱慕。旁若无人地看着她的脚，她幻想着或许她身体的其余部分只是附属于那双美丽非凡的脚的东西。她对于穿着很吝啬，可是却准备把任何钱都花费在她的鞋上。由于这是个唯一的、不用担心被人看反而在积极渴望他人注意的机会，她准备用任何手腕来延长挑选和试鞋的时间。看看我的脚，她似乎在说，一边往这方向走一步，而后又往那方向走一步。好性情的女店员必定是说了些讨好的话，因为突然之间，她的脸欣喜得闪闪发亮。可是，不管怎么样，女巨人虽然心肠仁慈，总有自己的事得去照料，她必须决定下来，必须打定主意选哪双。终于，鞋子选好了，当她在两个女巨人中间，手指上晃荡着一个包走出去时，那种欣喜若狂的神情消失了。原先的乖戾和抱歉的神态重新显露了出来，等到她再次走到街上时，她已经仅仅是个矮子了。

不过她也已改变了心情，由此形成一种氛围。这种氛围，在我们跟随她步入街道时，实际上就好像在产生着驼背、歪脖和畸形。两个满脸胡须的男人，显然是一对兄弟，眼瞎得像石头似的，靠把一只手放在他俩之间的一个小男孩头上支撑着顺街走下来。他们在行走时，迈着盲人的那种不屈不挠然而又胆怯敏感的步子，这似乎不可避免地赋予了他们接近某种恐惧和命运受挫的特性。当他们经过我们，笔直地继续前行时，这支小小的护航舰队好像在用它的沉默、它的导引、它的灾难劈分开路人之波涛。那矮子实际上已开始在跳一种蹒跚的奇异舞蹈，街上的每个人现在都在遵循着它的节奏：那个紧紧地包裹在闪闪发亮的海豹皮衣中的矮壮夫人、那个吮着他手杖上银色圆头的弱智男孩儿、那个蹲在门阶上（仿佛他突然之间被人类景象中的荒谬性所攫住，正坐下来仔细观察）的老头儿——全都加入了那个矮子舞蹈的摇摆和节拍。

人们可能会问：他们寄宿在什么角落和裂缝中呢——这对矮子和盲人的残疾伙伴？或许是在位于霍尔彭和索荷之间的那些狭小的旧房子的顶楼里。在霍尔彭和索荷这些地方，人们有着如此奇怪的名字，寻求的是各种各样令人好奇的行当。在那些顶楼里有金箔匠、手风琴师等。他们异想天开，在没有托盘的杯子、瓷的雨伞柄、色彩缤纷的殉教圣徒像的交易中混口饭吃。他们就住在那儿。而那个穿着海豹皮衣的夫人，与那手风琴师度过白天的时间，必定会觉得生活还是可以忍受的。如此奇异的生活不会总是悲剧性的。他们不会妒嫉我们，妒嫉我们的财产。可是在转过街角时，突然间，我们碰上了一个满脸胡子的犹太人，他粗野、饥肠辘辘、怒火中烧；或者我们经过了一个蜷缩着的老太婆躯体，她仿佛废物似地被扔弃在一幢公共建筑物的台阶上，身上罩着一件斗篷，好像急忙之中扔盖在死马或死驴之上的一样。见到这种情景，脊椎神经似乎都会直竖起来，我们的眼睛突然闪耀出愤怒的火光，一个从未有答案的问题又涌上心来。这些被抛弃的人经常躺在离剧院不到一箭之地的地方，躺在能听到手摇风琴声的地方，而当夜色加深时，便躺到几乎能触及上饭店进餐和跳舞的人们那饰着小金属片的斗篷和光彩照人的大腿处。他们躺卧在商店的橱窗旁，在那儿，商店给躺卧在门阶上的老太婆、那两个盲人、那跛行的矮子的世界奉上了由骄傲的镀了金的天鹅长颈支撑着的沙发、放着一篮一篮色彩缤纷的水果的桌子、铺饰着绿色大理石板以便更好地承受住那野猪头重量的餐具架，以及由于岁月的侵蚀而几乎消失在苍绿色的海洋中的粉红色地毯。

　　疾疾而过，随意而瞥，所有的一切似乎都偶然地，但却奇迹般地闪烁着美，仿佛如此准时但又散漫地出现于牛津街的两岸上的生意之潮汐使今天这一夜吐出的只是宝贝。没有购买欲的这双眼睛，此时是活跃而慷慨的。它在创造、装饰和美化目之所见。站在这街头上，人们会在一幢想象中的房子里构架出所有的居室，而后随心所欲地用沙发、桌子、地毯来布置它们。那块小地毯放在门厅里正合适，那只雪花石缸可放到窗边的雕花桌上，我们的寻欢作乐将由那面厚重的圆镜子映照出来。然而，在建造和装饰了这幢房子后，人们却很快乐地把它弃之脑后而无需承担任何义务。在一眨眼之间，人们就可以让它解体了，然后，用别的椅子和别的镜子建造与装饰另一幢房子。或者让我们沉溺于古董珠宝商那儿，游离于盘盘戒指和项链之中。比如说，让我们选择那些珍珠，然后幻想着：如果我们戴上它们，生活将会有何等的巨变啊！仿佛片刻之间，时间已是早晨二三点了。梅费厄街上已杳无人迹，路灯发着炽烈的白光。只有汽车才在这个时刻待在室外。此时，人们感觉到心里空空荡荡的，有一种虚无缥缈感和隐居独处的乐趣。佩戴着珍珠首饰，穿着丝绸衣裤，走到一个能俯瞰着沉睡中的梅费厄公园的阳台上。只有很少几盏灯在那些从宫廷里回来的贵族、穿着丝袜的门房、紧紧握过政治家之手的未亡人的卧室里闪亮着。一只猫沿着公园的墙偷偷地溜了过去。在挂着厚重的绿色窗帘的房间最暗处，人们正在咝咝有声地、极具诱惑力地做爱。年迈的首相安详地迈步过来，宛如他正在一处高台上散步，而在下面，英国的郡主和公主正躺着晒太阳浴，他向着一头鬈发、佩玉挂珠的某某夫人细述着这个国家发生的某些重大危机的来龙去脉。我们好像骑坐在最高大的船只的桅杆的顶端，而与此同时，我们又清楚并不存在诸如此类的事情。爱情并没有被证实，重大的成就也没有获得。所以，我们仅是在与这一时刻嬉戏，在其中轻轻地梳理着我们的羽毛，事实上，我们正站在阳台上，观望着月光照耀下的猫顺着玛丽公主公园的墙头悄悄地跑动。

可是还有什么比此更荒唐的呢？事实上，六点钟的钟声刚刚敲响。这是一个冬天的夜晚，我们正步行去斯特兰德买铅笔。那么，我们怎么又会站在阳台上，佩挂着六月的珍珠项链呢？还有什么能比此更为荒唐呢？然而，这是大自然的愚蠢，而不是我们的发傻。当她着手她的主要杰作造人时，她本该只想着这一件事。可与此相反，她转过头去，望着身后，让本能和欲望悄悄地溜进我们每一个人心中。而这些本能和欲望与人的主体是迥然相异的，于是有了形形色色的人，整个一个大杂烩，本色已荡然无存。站在一月的人行道上的是真正的我呢，还是在六月的阳台上俯身的才是真正的我？我是在这儿呢，还是在那儿？或者真正的自我既不是这个，也不是那个；既不在这儿，也不在那儿，却是某种变化多端、东游西逛的东西。是否只有在我们把缰绳交给自己的愿望，并让它毫无阻碍地自行其是时，我们才会是真正的我们呢？是环境在迫使着融合。只是为了方便的缘故，人才必须成为一个整体。当他在晚上打开家门时，完美的公民必须是银行家、打高尔夫球者、丈夫、父亲，而不是一个在沙漠上漫游的流浪者、一个凝视天空的神秘主义者、一个圣弗兰西斯科贫民区中的坠落者、一个带头闹革命的士兵、一个怀疑而孤独地嚎叫着的贱民。当他打开家门时，他必须用手指梳理一下头发，把雨伞像其余人一样放在搁架上。

然而，前面很及时地出现了旧书店，在那些存在的逆流中，我们发现了一个锚地，在那儿，经过街道上的那些辉煌壮观和凄惨可怜后，我们可以平衡调整一下自己。店老板的妻子正坐在一堆炽烈地燃烧着的煤火旁，脚架在炉围上，从门玻璃上透映出来的这一景象令人清醒，也使人感到高兴。她从不读书，只看报纸。她的话题，在离开卖书——她极乐意如此——时，多半是有关帽子。她说她喜欢的帽子既是实用的，又是美丽漂亮的。噢，不对，他们不住在店里，他们住在布列克斯顿。她必须有点绿色的东西可聊以娱目，在夏季，她自己花园中种的鲜花被安放在某一灰土蒙蒙的书堆顶上，以便给书店增加点儿生气。书被扔得到处都是，所以我们总是满怀着同样冒险的感觉。旧书店里的书是野书，无家的书，它们像一大捧各色各样的羽毛一样凑到一起，有着图书馆里那些驯顺的书卷所缺乏的魅力。此外，在这种任意混杂的伙伴堆中，我们还可能碰上某个全然陌生者，而它，如运气的话，可以成为我们在这世界上的最好的朋友。当我们从上层的一个书架上，探手取下某本灰白色的书时，被它那破败和废弃的氛围所诱引，总是会产生一种希望，希望能在这本书中碰上一个百年以前的男人：他正骑着马出发去探索米德兰和威尔斯的羊毛市场。这是一个无名的旅行者，他滞留在客栈里，喝着他的酒，注意着漂亮的女孩儿和严肃的顾客，出于纯粹的喜爱，生硬而费劲地写下了所有的一切（该书是由他自费出版的）。这书极其地啰嗦、忙乱和实实在在，所以在他毫不知情的情形下，那蜀葵和干草的特殊气味以及他自己的画像已渗流于其中。而那画像是如此地出色，故而使他在心灵的角落里将永远占有一席之地。现在人们愿付十八便士买他的这部书，而标价却是三先令六便士，书店老板的妻子在看到那肮脏不堪的封面——她在萨福克一位绅士出售图书时买得此书，它已在那儿搁了很长一段时间——将会以此价把书脱手。

于是，在书店里浏览一番后，我们又与另一些无名的、已消失者结下了如此突然而又反复无常的交情。这些无名者的唯一记录，举例来说，就是这本小小的诗集。它印刷精美，也有着极雅致的图版，并且附有一幅作者的肖像。因为作者是位诗人，而且沉溺于诗歌，所以他的诗句，尽管平和、循规蹈矩以及有颇多警句，但仍然传送出一丝微弱的风笛声。这声音就像由一个身着灯芯绒夹克的意大利老风琴手在某个僻静的街道上娴熟地演奏时所发出的乐音。也有旅游者所见所闻的记录，一排压着一排，仍然在证明辩说着——他们是些不肯轻易罢休的老处女——他们所忍受的不适意和在维多利亚女王还只是个女孩时他们在希腊所观赏到的落日余晖。到考纳华尔去旅游，访问那儿的锡矿，被认为是值得大书而特书的。人们缓慢地沿着莱茵河上溯，用印度墨水相互描绘肖像，坐在甲板上的一卷绳子旁阅读。他们测量金字塔，成年累月地远离文明，在瘟疫重重的沼泽地带使黑人皈依宗教。打点行装和出发、探险沙漠和发烧、在印度定居以度余生，甚至深入到中国然后返回艾德蒙顿过着狭隘的生活，在尘蒙土积的地板上就像在波涛卷涌的海洋上一样颠簸着，英国人就是这样地不安宁，仿佛浪花就在他们的家门口飞溅着。那些旅行和探险的水花似乎在破坏着参差不齐地矗立在地板上的毕生勤勉之结晶的小岛。在这些紫褐色封皮、背上又有着烫金花体字的卷帙堆中，富于思想的牧师在传播福音，还可听到学者在用锤子和凿子清理欧里庇得斯和埃斯库罗斯的古版本。思考、注释和传讲全都围绕着我们而且遍及每一事物，并以一种惊人的速度在进行着，它们就像恪守时间、永恒不息的潮汐，冲刷着古老的小说之海。那无穷无尽的卷帙在诉说着阿瑟爱上了劳拉，他们硬被拆散了，于是就郁郁寡欢，然后他们又相遇了，从此就过上了幸福的日子。在维多利亚女王统治这些岛屿时，情况就是这样。

世界上的书籍数量是无限的，人们被迫很快地扫视、点头打招呼，而后在片刻的交谈、理解的闪烁后，又移步向前，这就像在街上，人们从行人那儿逮住了一个句子，从一个偶然的措词中编织出了人的一生。他们所谈论的是一个名叫凯特的女人，"昨天晚上我对她说得非常坦率……如果你认为我都不值一便士的邮票，我说……"但是谁是凯特，在他们的友谊中出现了什么危机，以致要提及一便士的邮票，我们将永远不会知道。因为凯特在他们流畅的语言暖流中沉陷了下去；而在街角处，那两个男人在灯柱下商谈的景象所掀开的是生活书卷的另一页码，他们在拼读从纽马克来的最新电报。那么，他们是否认为财富将把他们的破衣烂衫转变成皮衣绒裤、让他们挂上表链、在现在是敞开着的破衬衫上佩上钻石饰针呢？但是行人的主流在这个时间里是流动得过于迅捷了，以致我们无法询问这样的问题。在从工作地回家的这短短的路程中，他们是沉醉于某种麻醉品的幻梦中，因为他们摆脱了工作桌，颊边拂动着清新的空气。他们穿上那些光彩照人的衣服（这些衣服在那天的其余时间里，必定是挂在上锁的衣橱里的），成了伟大的板球手、著名的女演员、在关键时刻拯救了他们的国家的士兵。他们一边梦想着、摆着姿势、还经常大声地念叨几个词语，一边飞快地走过斯特兰德街，用手抓着悬杆，跨过滑铁卢大桥，站在铿锵发响的长长的列车中，驰向巴尼斯或索比顿的某幢小而整洁的平房；当见到市政厅上的大钟，闻到地下室传出来的晚餐的味儿时，那梦幻就像气球似地被戳破了。

但是我们现在已经来到了斯特兰德街，当我们在路边迟疑不决时，一根大约只有手指长的小棍开始在生活的迅捷和丰富上放下了它的栅栏。"我真的必须……我真的必须……"就是这样，也没有了解清楚其需要，心灵就开始奉承这习惯的暴君了。人们必须，而且总是必须去做某一件或另一件事。绝不允许人们去简单地自行其是。难道不就是为了这个理由，不久以前，我们编造了那个借口，发明了买某种东西的必要性吗？啊，我们记起来了，是一支铅笔。那么就让我们去买吧。可是正当我们转而服从这个命令时，另一个自我却对那暴君所坚持的权力提出了疑问，通常的对抗又发生了。在那职责的棒杆后面，我们看到了泰晤士河广阔地伸展着——深远、悲哀而祥和。我们是从某人的眼睛里看到这一切的，这人于夏日的傍晚倚身于泰晤士河的河堤上，无忧无虑、无牵无挂。让我们延迟去买铅笔，先探查一下这个人吧。很快，事情就清楚起来：这人就是我们自己。可是如果我们能站在那儿，那么六个月以前我们又站在哪儿呢？我们是不是将不再会像以前一样：安详、淡漠而满足呢？那么，让我们再尝试一下吧。然而这条河已比我们所记得的要更狂暴、更苍茫。正是退潮时分，河水滚滚出海，裹携着一只拖轮和两条驳船，船上装载的稻草紧紧地捆绑在油布下。在我们附近，有一对男女倚身在栏杆上，行为举止显露出情人所具有的那种令人好奇的缺乏自我意识，仿佛他们投身于其中的这件事的重要性毫无疑问值得整个人类施加恩惠。现在我们所看到的景象和所听到的声音并没有过去的性质，而我们也绝没有分享这个人的宁静安详——此人六个月之前所站立的地方正是我们现在立足之处，他的宁静是一种死亡的幸福，而我们所感受到的则是一种生活的不安宁感。他没有未来，而未来甚至现在都在侵扰我们的安宁。只有当我们查看过去并从中取出非确定性的成分后，我们才能够享受到完美的宁静。但是事实上，我们必须转弯，必须再次穿过斯特兰德街，必须找到一个商店，在那儿，甚至在这个时候，他们也准备卖给我们一支铅笔。

走进一个未曾涉足过的房间总是一种冒险，因为主人的生活和特征酿出了这房间的一种氛围。我们径直走进去时，面对着的就是某种情感之浪。毫无疑问，这文具店里的人一直在吵架，而且怒气冲天。我们进去时，他俩都停了下来。那老妇人——显然他俩是夫妇——退回到后面的房间，那老头——其圆圆的额头和球形的双眼在某本伊丽莎白时代的书籍扉页里出现准会惹人注目——留着招呼我们。"一支铅笔，一支铅笔，"他重复地说，"当然，当然。"他的话声透出一丝心烦意乱和难抑的激情，表明他的情绪激动然而又无法充分地发泄，他开始一个接一个地打开盒子，而后又关上。他说由于贮藏着各种各样的东西，要想找什么就变得非常困难。他又开始讲起某个绅士的故事。他由于妻子的行为而陷入了困境。他已认识那位绅士多年了，他说，他与犹太教圣殿已建立了半个世纪的联系了，那样子仿佛他希望他妻子在后房里偷听到他的话。他翻倒了一个装橡皮圈的盒子。最后，他被自己的无能激怒了，推开转门粗暴地喊叫道："你把铅笔搁哪儿啦？"口气仿佛是他妻子把它们藏起来了。那位老夫人走了进来，目不旁视地把她的手用适当的猛烈劲儿放到了正确的盒子上，里面正是铅笔。那么，没有她他怎么混得下去呢？对于他来说，她是否是不可缺少的呢？为了让他们站在那儿，使他们被迫中立地肩并肩立着，人们不得不在选铅笔时别出心裁：这支太软了，那支太硬了。他们沉默地站在那儿看着。他们站的时间越长，就越会冷静下来。他们的热度在下降，愤怒在消逝。现在，谁都没讲一句话，而那场争吵却已结束了。那个不会辱没本·琼森著作扉页的老头探手把盒子放回到适当的位置上，深深地向我们鞠躬道晚安，然后他们消失了。她会拿出她的缝纫活儿，他则将读他的报纸，金丝雀会不偏不倚地向他俩撒播种籽。这场争吵过去了。

在这段时间里，一个幽灵在被探究，一场争吵已完成，而一支铅笔则被买走了。此后，街道上变得彻底空空荡荡了。生活撤退到了顶楼上，灯也被点亮了。人行道又干又硬，路面泛出一种由锤子所致的银白色。在这一片荒凉中步行回家时，人们可以给自己讲述那矮子的故事，讲述那个盲人、梅费厄大厦的聚会、文具店里的争吵的故事。在这些生命的每一个体中，人们都可以稍深入一点儿，从而足以给自己这样一种幻觉：人并非都被束缚于单个心灵中，他可以在几分钟内充当他人的躯体和心灵。他可以变成一个洗衣妇，一个出版商，一个街头歌手。难道还有什么喜悦和惊异要比离开个性那条直线，偏离进入那些小路（这小路从荆棘下和粗大的树干中穿过，伸向住着野兽——我们的同类——的森林中心）更大呢？

那确实没错：脱逃是最大的快乐，冬天在街头浪迹是最大的冒险。然而在我们再次接近我们自己家的门阶时，我们仍然很舒适地感觉到那些旧的拥有物、旧的偏见团团地环抱住我们。而自我，在无数个街角被宏扬、像一只对着无数不可接近的提灯火焰连连冲击的飞蛾一样在猛撞猛击的自我，却隐藏和关闭起来了。又是那通常的门，椅子就像我们离开时一样放着，瓷碗和地毯上的棕色圆圈也一样。而这儿——让我们轻柔地查看它，尊崇地触摸它——则是我们从这城市所有的宝物中取回的唯一一件战利品：一支铅笔。

飞蛾之死

白天飞来飞去的蛾子不宜于称做蛾子，它们不会带来黑沉沉的秋夜和常春藤花朵所给予我们的那种愉悦感，而这些却是在窗帘的阴影处沉睡、后翅发黄、最为常见的夜蛾总能得逞之举。它们是杂交的生物，既不像蝴蝶那样艳丽多彩，也不像自己的同类那样阴暗凄惨。不管怎么说，眼下这只蛾子的代表——长着狭窄的干草色翅膀，周围还缀着一圈同样颜色的穗状边——好像对生活还挺心满意足的。这是一个愉快的早晨，正值九月中旬，天气温暖和煦，可比起夏季的那几个月来，却又微微地带着丝丝寒意。窗子对出去的田野上早已犁过地了，泥土被压紧处因潮湿而闪闪发亮。从田野和更远处滚滚而来的勃勃生机使眼睛很难再牢牢地盯在书页上。白嘴鸦也在举行它们的一年一度的喜庆佳节，它们绕着树顶展翅翱翔，犹如一张装着千百万个黑疙瘩的巨网被抛到了空中，经过几分钟以后，又慢慢地降落到树上，仿佛每根枝条的末端都挂着一个黑疙瘩。然后，突然间那网又被扔到了空中，这次的网显得更大，喧闹和嘈杂声也达到了顶点，宛如被扔散到空中，又徐徐地落到树顶对它们来说是极其令人激动的经历。

激励着白嘴鸦、犁地者、马匹甚至那些瘦削光背的丘陵的力量，使那蛾子扑腾着从玻璃窗这边飞到另一边。人们禁不住观望着它。说真的，人们会有一种奇异的感觉，觉得它很可怜。那天早晨的愉悦感是如此之强，如此的多种多样，以致在生活中仅仅目睹蛾子的一生，而且还是一只白昼的蛾子，就显得苦命了，它竭尽全力享受它拥有的绝少机会的那股热情也够悲哀的了。它精力充沛地飞到它寓所的一角，在那儿等待了片刻之后，又飞到另一角落。除了再飞到第三个角落，然后到第四个角落外，它还能有什么作为呢？不管丘陵有多大，天空有多广阔，房子里送出的黑烟有多远，远处海上一只汽艇时不时发出的声音有多浪漫，它所能做的也就是这些了。它能做的，它已做了。望着它，你会觉得好像有一根非常纤细、但很纯粹的巨大能量之丝，投入进了它那孱弱而渺小的躯体。每当它飞过玻璃窗，我就在想象有一根生命之光的丝线变得可见了。它很小，甚至什么也不是，但仍属于生命。

然而，正因为它是如此之小，是如此简单的能量形式——正涌进敞开着的窗子，取道我以及别的许多人的脑子中的狭隘而错综的道路——它也就显得相当神奇，也很可怜。仿佛是有什么人拿着一个小而纯洁的生命，饰之以轻巧的柔绒和羽毛，让它翩翩起舞，左右穿梭，以便向我们显示生命的真正性质。把它这样地展示出来，人们就难以摆脱对它的那种奇异感觉了。人们很容易漠然地对待这个生命，只是看到它弓背隆腰、因累赘的装饰极其谨慎小心、也极为庄重严肃地飞行着。而且，想到如果它以任何其他的生命形式现身，那它的全部生活又该如何呢——想到这，人们不仅用一种怜悯的眼光去观察它的简单活动了。

过了一会儿，它显然是飞累了，于是停栖到阳光下的窗台上。这种奇异的景象既已结束，我也就把它给忘了。然后，在我抬头时，我又看到了它。它正在试图重新进行它的舞蹈，可是由于过于僵硬或者笨拙，只能飞腾到窗玻璃的底部，而当它企图在玻璃窗上横飞时，却失败了。由于我的注意力放在别的事物上，所以我只是不动脑子地观望着它那枉费心机的尝试，好一会儿一直在无意识地等待着它重新继续它原先的飞行方式，恰如人们在等待一架暂停的机器重新开动而没有考虑其失败原因一样。也许是在第七次尝试之后，它从那木头窗台上滑了下来，跌倒了，扑腾着翅膀，仰躺在窗台下面。它那无助的姿态触动了我，使我忽然觉悟到它处于困境之中。它已不再能站起身来，它的腿正在徒劳无益地挣扎。然而，当我伸出铅笔想要帮助它翻过身来时，我突然想到这种失败和笨拙意味着死亡的来临，于是我又把铅笔放下了。

它的腿和脚又竭力动弹了一次。我观看着，似乎想找出它所挣扎着对付的敌人。我望望门外，那里发生了什么事情呢？大约是正午时分，田野里的工作已停止，寂静和安宁取代了原先的活跃气氛。群鸟飞到溪流旁去进食，马匹则静静地站着。然而那种力量同样存在着，聚集成一种外在的冷漠无情和无动于衷，可又并不针对任何特定的事物。这不管如何是与那纤小的干草色蛾子对立的。试图去做些什么都是无用的，人们只能观望着那些小腿在进行令人惊异的努力以对抗即将来临的末日，而这末日的厄运可以吞没一整座城市，而且不仅是城市，还有人类。没有任何东西，我知道，能有机会对抗死亡。可不管怎么说，那些小小的腿脚在经过一次短暂的停止后，又扑腾起来。这最后的抗议是极为壮观的，且又如此疯狂和激烈，使它终于成功地翻过身来。当然，人们的同情心完全在生命的这一边。而且，在并无人关心和知晓的情况下，一只微不足道的小小飞蛾，用相对而言是巨大无比的努力来抗拒如此强大的力量，为的只是保全某种无人会重视、也无人愿意保留的东西。这种壮举使人深受触动。不管怎么样，人们总是又看到了生命，一颗纯洁的珠子。我又拿起铅笔，虽然我知道这并无用处。可即使在我这样做时，死亡那无可怀疑的标记已显露无遗了。它的身体松弛下来，而且立刻变得僵硬了。斗争已告终结，这微不足道的小小生物现在认识了死亡。我看着那只已经死去的蛾子，巨大的力量在这样渺小的对手身上所取得的微不足道、随手拈来的胜利，使我充满了惊奇。恰如生命在几分钟前是如此离奇，现在死亡也同样显得离奇。飞蛾已翻过身来，极其优雅体面和毫无怨怼地躺卧在那儿。哦，不错，它似乎在说，死亡是比我要强大。

安达鲁西亚客栈

旅店老板显然是受那种无伤大雅而又非恶意的不老实的道德感支配的，这种道德感以忠诚的名义而畅行无阻。所以，当我们在安达鲁西亚某个小村镇不得不留宿，询问旅店老板我们是否能够找到一个像样的住处过夜时，他就向我们保证，那儿的旅店很是不错。当然比不上我们现在住的这种宫殿似的一流的建筑物，但总还算是一处不赖的二流客栈吧。在那儿，我们可以睡上最最干净的床铺，一切都会被侍弄得舒舒服服。火车在乡间慢悠悠地行驶了长长的一天，晚上九点半时，终于停了下来，并且声言它已无意再继续前行了。这时我们的耳边响起了旅店老板的话音，心中颇感宽慰。我们暗地里自忖，不该有过奢的念头。在旅途的最后一程，当晚餐时间已过而还未进食，油灯里浸着的灯芯自尽而亡——它的一生都是不幸的——时，我们便专心致志地默想着旅店老板那番介绍情况的话，那家很不错的二流客栈就成了我们的生活中梦寐以求的目标。在那儿，我们将受到诚心诚意的欢迎。我们在心中勾画出这样一幅图景：店主人和他的妻子走上前来迎接我们,迫不及待地接过我们手里的大包小袋,风风火火地奔走着为我们准备房间,抓鸡杀鸭为我们准备晚餐。为这一晚在整洁干净、香喷喷的被褥中的美美一觉,为那简单而可口的晚餐和次日动身前那一顿极好的早餐,他们只会索取一笔简直荒唐的小钱。这一切会使我们感觉到,要酬谢如此殷勤的款待,银钱这东西是多么俗不可耐啊!而那种在我们英国的旅店老板那儿早已丧失殆尽的高尚德性,在西班牙却仍长盛不衰。

在这样的联翩浮想中,我们度过了在火车抵站以前的那段时光。到站以后,我们一路上经受的种种颠簸劳顿都将获得补偿,使我们略感不安的是,我们发现脚夫在看到两个携带笨重行李的旅客在这么晚的时辰下到站台上时,露出了显而易见的吃惊神色。不可避免地聚拢了一群人来盯着我们看,当我们字斟句酌、小心翼翼地用西班牙语表示我们想找一个小客店的愿望时,他们惊讶地张大了嘴巴。会话手册里的语句,其性质往往近似于博物馆里的一具早已灭亡的巨形怪兽,只有受过专门训练的专家才说得清它与活着的动物之间的关系。片刻之间,事情就很清楚了:我们的这个生物标本毫无希望的是灭绝的文物。而且问题还不仅此而已,一种可怕的疑虑悄悄地袭上心来:不但是我们提问题所用的语言,连我们所提的问题本身,他们都一无所知。接下来是一大堆西班牙语、法语、英语的相互撞击交锋,却毫无结果。终于当地人如梦初醒:原来我们不会讲他们的话,于是就向着我们尝试手势的功力。过了一会儿,来了一个官员,自称他会讲法语。我们喜不自胜地把找旅店的要求翻译成这种语言。"火车今晚不再往前开了,"我们这位翻译说,"那我们知道。""所以我们希望能睡在这儿。"我们说。"明天一早五点发车。可今天晚上,一家旅店。"我们坚持说。这位会讲法语的先生无可奈何地拿出一支铅笔,用又粗又黑的字体写下了五和三十两个数字。我们耸耸肩,先用法语,然后用三种不同的西班牙语大声喊叫着"旅馆"这个词。到了这时,人群已围着我们聚成了一个圆圈。人人都在为他的左邻右舍充当翻译。于是我们想起了一本西班牙语的辞典,这本辞典死死地跟定我们而不愿被拉下。从辞典里,我们找到了英语中"旅店"的西班牙语同义词,并且用食指强调地点着。一大堆脑袋挤了过来,茫然地凝视着那个被点着的地方。我们的翻译想到了一个出色的念头,他没有理会我们点出的那个词,而是狂热地在 S 部和 Z 部里寻找他自己的词语。我们帮他翻到辞典的西班牙语部分,让他继续寻找,可结果表明,这仍然一无所获。

与此同时,我们一再重复着说那个词,以便它碰巧能落到一块肥沃的土地上。每说一次人群里就会升腾起一阵流畅的西班牙语的嗡嗡声。最后，当我们试图用一把雨伞来画出一个旅馆时，一位瘦小的老头儿挤到了我们的面前。对于我们的那个无可避免的问题，他的回答是把一只手放在他的胸前，深深地鞠一个躬。我们依次问了他三遍，他都以同样的方式来回答，宛如答案就在他一人身上，他集中了我们所需要的一切特质。公众舆论好像一致认为，我们应该接受他作为晚餐和眠床的代表。我们又作了最后的几次努力，说出"旅店"这个西班牙语的发音，回答是许多指着他的手。为了安顿这件事，他紧紧抓住我们的胳膊，把我们拉出火车站，来到一轮硕大的月亮照耀下的一片长满芦苇的沙质荒地的边缘。这儿一边是座陡峭的山，山顶上矗立着一座摩尔式城堡，稍远处另一边，则可见到一所孤零零的农舍。选择显然只限于这两者之间，而它们无一与我们原来的设想吻合。我们审视这个老人，不无宽慰地观察到他既老又小。不管怎么说，我们的一个怀疑很快就消除了，很清楚，那所白色的农舍将是我们的住处。格兰纳达的那位旅店老板具有艺术家的想象力。我们被带进房间，房间里点着一盏灯，几个男人和女人围着火坐在那儿喝酒聊天。我们进去后，谈话中止了，几双眼睛悠闲地打量着我们。而后我们给带进一间厢房。正是因了这房，这间农舍才有了"旅店"的雅称。房里有一张床，一张帆布帷幔权且作为门，还有可梳洗用的水，需要照明时可以燃点的一支蜡烛，以及我们保持着的那种可敬的滑稽行为。而食物，显然是得上车站去寻找了。而且我们也绝非不愿意再去呼吸一下新鲜空气。到了十一点钟，我们已倦于观赏西班牙的沙漠与摩尔人的城堡，也听腻了那位会说法语，可又不认为必须懂得那种语言的先生的娓娓闲谈，这才返回了那个客栈，开始了准保会令人疲惫不堪的熬夜。那伙人坐到很晚，大声说着话，激烈的西班牙语透过帆布门帘，时断时续地传进来，不知怎地他们的谈话似乎关联到我们。西班牙语是一种凶猛和渴血的语言——处在这种环境下我们从听觉上获得的就是这样一种印象。到了半夜时分，我们那位矮小的朋友不停地鞠躬哈腰、把手按在胸前的行为，变成了一个非常邪恶的形象，我们想起了他那不祥的沉默以及要把我们和行李分开的固执决定。诚实善良的乡下人，我们沉吟着，本该早就上床睡觉了。我们有可能采取的唯一提防措施，是把房里唯一的一把椅子的后脚靠在门上。这种做法必定对我们的心灵有一种奇异的镇静效果，因为在采取如此的防范措施以防那期待着的致命袭击后，我们居然和衣入睡了，并且在睡梦中找到了西班牙语"客栈"一词。

清晨四点钟,一个声响把我们惊醒了,这肯定是对门的一次撞击发出的声音。然而,当我们小心翼翼地往外观望时,除了一个手提山羊奶桶的农妇以外,并没有什么更凶恶的敌人。

楸园杂记[1]

椭圆形的花坛里栽着一百支左右的长茎花卉，那花从半腰起满是团团的绿叶，有心形的也有舌状的，花的梢头上则冒出一簇簇的花瓣，红黄蓝白，色彩纷呈；花瓣上则点缀着各色斑点，引人注目。不管是什么颜色的花，那隐隐约约的花托上总是伸着一根笔直的花蕊，粗头细身，顶部附着一层金色的花粉。那花朵花瓣四敞，芬芳尽吐，即使一丝夏日的微风吹来，也能拂动花瓣，牵动花卉下面被各色光彩交叉四射的褐色泥土上满是水彩似的杂色斑点。那些花瓣色彩的闪光落在光滑的灰白色鹅卵石顶部，或是落到一只蜗牛棕色螺旋形的壳上，或者射到一滴水珠上，点化出一道道极薄的水光之墙，红的、蓝的、黄的，色彩的浓郁，真让人担心它会浓得迸裂，化为乌有。然而它没有迸裂，转眼间闪光已逍逝，于是水珠又恢复了其银灰色的模样。闪光移到一张叶片上，照出了叶子的表层皮质下枝枝杈杈的叶脉；闪光继

---

[1] 楸园，英国东南部一个世界著名的植物园。

续前移，射在天棚般密密厚厚的心形叶和舌状叶上，使一大片憧憧绿影中透出了光亮。此时高空的风吹得强劲起来，于是彩色的闪光就上移而反射到头顶那广阔的空间，映入了在这七月的日子里来游植物园的男男女女的眼帘。

花坛旁边三三两两地掠过这些男女的身影。他们走路的姿势都无拘无束，随便得出奇，乍看起来似乎像在草坪上迂回穿梭，逐坛嬉戏的蓝蝴蝶、白蝴蝶。这时走来一个男人，与跟在其后的女人相距约有半英尺左右。男的是随意漫步，女的则较为细心，常常回过头去，留心着别让孩子落下得太远了。那男人是存心要这样走在女的前面，不过要说他是别有意图，恐怕未必。他无非是想一边走一边能独自想想心事罢了。

"我十五年前曾和莉莉上这里来玩过，"他心想，"我们是坐在那边的一个小湖之畔，那天的天气真热。我向她求婚，花了整整一个下午的时间。当时有只蜻蜓老是绕着我们飞个没完没了，那蜻蜓的模样我至今还记得清清楚楚。我还记得她鞋子顶部有个方形的银扣，我嘴里在说，眼睛却看着她的鞋子。只要看见她的鞋子不耐烦地一动，我连头也不用抬，就已知道她会说什么话了。她的全副心思似乎都集中在那双鞋上，而我呢，我把我全部的爱情、心愿都寄托在那只蜻蜓身上。不知怎地我突然心血来潮地认定，那只蜻蜓要是停下来，停在那边的叶子上，停在那朵大红花旁的阔叶上，那她马上就会答应我的求婚。可是蜻蜓转悠了一圈又一圈，哪儿也不肯停下……它做得对，干得漂亮，要不然，今天我也不会同阿丽诺带着孩子在这里散步了。"他说，"阿丽诺，你想不想过去的事情？"

"你问这干吗，西蒙？"

"因为我在回想过去的事。我想起了莉莉，那个当初跟我吹了的对象……咦，你怎么不说话呀？我想过去的事，你不高兴了吧？"

"我干吗要不高兴呢，西蒙？曾有多少先人长眠于这园子的大树下面，到了这儿能不想到过去吗？长眠在大树下的那些前人，那些平生无愧的亡灵，他们不就代表着我们的过去吗？我们的过去不就只留下了这么一点儿陈迹吗？……我们的幸福难道不是他们所赐，今天的现实不是由他们而来的吗？"

"可是我在想的却是鞋子头部一个方形的银扣和一只蜻蜓……"

"我想到的可是那轻柔的一吻。二十年前，我们六个小女孩就在那个小湖的岸边，坐在画架前画睡莲。那是我生平第一次看到开红花的睡莲。突然，我的脖子上被人轻轻地吻了一下，我几乎就此抖了一个下午，连画也未能作完。当时我取出表,看着时间,限定自己只准对这个吻回味五分钟……可这个吻实在太珍贵了。吻我的是一位鬓发半白,鼻子上长着疣子的老太太。我这一生就是从这时开始才真正地懂得了吻。快来呀,卡洛琳,快来呀,休伯特。"

就这样,他们四人并排走过了花坛。不一会儿,树木之间就只剩下了四个小小的身影,阳光和树荫在他们的背上闪动,投下了块块摇曳不定、斑驳的碎影。

椭圆形的花坛里,那彩色的闪光在一只蜗牛的壳上停留了片刻。这会儿,蜗牛在壳里似乎微微一动,而后就费劲地在松散的泥土上爬了起来。经过之处,松土纷纷地翻滚流动。这只蜗牛似乎心中已有个明确的目的地。这与前面那条纤腰细脚,模样奇怪的青虫就大为不同了。那条青虫高高地仰起头,起初打算从蜗牛前面横穿过去,可是转眼间又抖动着触须犹豫起来,好像是在考虑,但最终还是迈着原先那种快速而古怪的步子,掉头向相反的方向爬去。但是蜗牛要去自己的目的地,前途却甚险恶:褐色峭壁下临沟壑,沟壑内满是深不可测的绿水;扁形的树木有如利剑,从根到梢一起晃动着;灰白浑圆的大石当道而卧,还有那一片片又大又皱的薄片落叶横躺在地上……一路上就有这许多障碍横亘在枝枝花茎之间。蜗牛挪到一张圆顶帐篷似的枯叶前,还未及决定是绕道而行还是往前直闯，花坛前已又是足影晃动：有人来了。

这一次来的是两个男人，那年轻的，脸上表情平静得似乎有点儿不太正常。同行的另一位说话时，他就抬起头来，直勾勾地一个劲儿盯着前方看，另一位的话刚说完，他就又低头望着地面。有时过了好半天才开口，有时则干脆一声不吭。另一位年龄较大者，走起路来一脚高一脚低，摇摆得很厉害。而且他朝前一甩手，猛地一抬头的模样，颇像一匹性子暴躁的拉车的马在宅门前等得不耐烦了。当然就他来说，这种动作并没有什么用心，也无独特含义。他的话筒直没完没了，对方不接话茬儿，他也会自得其乐地笑笑，接着说下去，仿佛这一笑就表示对方已经回了话似的。他是在谈论灵魂——死者的灵魂。据他说，那些死者的灵魂一直在冥冥之中向他诉说他们在天国的经历，以及诸如此类千奇百怪的事儿。

"天国，威廉，古人认为就是众神所住奥林匹斯山的所在地——希腊的色萨利。直到如今，战争一起，精灵们就常在那里的山间徘徊出没，经过之处声响震耳欲聋。"他说到此处，停顿了一下，仿佛在倾听，然后把头微微一低，又猛然一仰，接着说：

"只要一个小电池，另外还需要一段胶布包扎电线，以免走电……叫漏电，还是走电……不管它，这些细节就不说，反正别人也听不懂，说了也无用……总之，把这个小机器装在床头，或者哪儿方便就搁哪儿。比方说，可以搁在一只干净的红木小茶几上。有哪个女人死了丈夫，只要叫工匠把这一切都按照我的指示装配齐全，然后虔心静听，约好的暗号一发出，亡灵马上就可以召唤来了。但那只有女人才行，死了丈夫的、还没有除下孝服的女人……"

刚说到这儿，他似乎看到了远处一个女人的衣服，在阴影中看去隐隐约约地像是黑色的，于是他马上摘下帽子，一只手按在心口，口中念念有词，另一只手做着种种痴狂的手势，急匆匆地向她走去。可是威廉一把抓住他的袖子，又举起手杖在一朵花上点了点，以引起老头儿的注意。老头儿一时似乎有些惶惑，对着那朵花瞅了一阵，又凑过耳朵去听，仿佛听到花中有个声音在说话，于是就接上了话茬儿，开始大谈起乌拉圭的森林来了。他说他几百年前曾经同欧洲最美丽的一位小姐一起去过那儿，他口齿不清地嘟囔着乌拉圭的森林中满地都是热带花卉那蜡质的花瓣，什么夜莺啦、海滩啦、美人鱼啦、海里淹死的女人啦。他一边说，一边被威廉不由自主地推着走向前去。此时威廉脸上那种冷漠自若的表情也慢慢地愈益严峻了。

接踵而来的是两个上了年纪的妇女。因为跟老头相距甚近,故而见了老头的举动,颇有些摸不着头脑。这两个女人都属于中产阶级阶层,一个体态臃肿,举止笨重,另一个两颊红润,手脚麻利。像她们那种阶层的人,往往有这么个特点:见到有人——特别是有钱人——举止古怪,脑子不太正常,她们的劲儿马上就上来了。可惜这一回离老头终究还有些距离,没法肯定这人到底只是行径怪僻呢,还是当真发了疯。她们对着老头的背影默默地端详了好一会儿,偷偷地交换了一个古怪的眼色,然后又兴致勃勃地继续交谈起来,那零零碎碎的对话也实在难懂:

"奈尔,伯特,罗特,萨斯,菲尔,爸爸,他说,我说,她说,我说,我说……"

"我的伯特,妹妹,比尔,爷爷,那老头子白糖,白糖,面粉,鲑鱼,蔬菜,白糖,白糖,白糖。"

就在这一大堆词语像雨点似地袭来的同时,那个胖女人见到了这些坚定而无动于衷地笔直挺立在泥地里的花朵,便带着好奇的神色打量起花来。她那模样,就像一个人从沉睡中醒来,看到黄铜烛台的反光有些异常,便把眼睛闭上再睁开,可看到的仍是那黄铜烛台,这才清醒过来,于是就全神贯注地盯着烛台看。现在,这胖女人干脆面向那椭圆形花坛站住不走了。她本来还想装模作样地听对方说话，现在干脆连这点样子都不装了，由着对方的话像雨点似地打来，只管站在那儿，微微地时而前俯，时而后仰，一心赏她的花。欣赏够了，这才提出：还是去找个座位喝点茶吧。

　　那只蜗牛此时已经完全考虑过了：想既不绕道而行，又不爬上枯叶，是否还有别的法子可以到达自己的目的地呢？那枯叶，如要爬上去就得费挺大的劲儿，而且这薄薄的玩意儿，才用触角尖轻轻一碰，就摇晃了好半天，稀里哗啦地吓死人，是否能承受得住自己的分量，实在令人怀疑。蜗牛最终决定从下面钻过去，因为那片枯叶有个翘起的地方，离地较高，蜗牛能钻进去。蜗牛刚把头伸进缺口，正在打量那赤褐色的高高顶棚，对里面阴冷的光线尚未适应，外面草坪上又过来了两个人。这一次两个都是年轻人，一男一女，正当青春年少，甚至可能还要年轻些，犹如含苞欲放的鲜嫩花蕾，或尚未在阳光下振翅飞舞的羽化彩蝶。

　　"真走运，今天不是星期五。"男的说。

　　"怎么，你也相信运气啊？"

　　"星期五来就得花费六个便士了。"

　　"六个便士算得了什么啊？那还不值六个便士吗？"

　　"什么是'那'呀？你这'那'字是什么意思？"

　　"哦，说说罢了……我的意思……我的意思你还会不明白？"

　　这几句对话，每一句之间间隔的时间都很长，口气也都很平淡、单调。两人静静地站在花坛边上，一起拄着她那把阳伞，摁着摁着，把伞尖都深深地摁进了松软的泥土里。他把手搁在她的手上，又一起把伞尖摁进了泥里，这就表明了他俩非比寻常的感情。其实他们那几句短短的、无关紧要的话也一样大有深意，只是意重情厚，话语的翅翼太小，承载不了这么大的分量，勉强要飞也扑腾不远，只能就近找个寻常话题尴尬地落下脚来。可他们那稚嫩的心灵却已经感受到话的奇重分量了。他们一边把阳伞尖往泥里摁，一边暗自琢磨：谁说得准这些话里是不是藏着万丈深崖？谁说得准这丽日之下的阴坡上是不是一片冰天雪地呢？谁说得准呢？这种事儿谁经历过呢？她不过随便说了一句：不知楸园的茶好不好。他一听，立刻觉得这话的背后好像朦胧地浮现出一个幻影，似乎有个庞大而结实的东西矗立在那儿。慢慢地薄雾消散了，眼前似乎出现了……天哪，那是些什么玩意儿？……哦，是雪白的小桌子，还有女服务员，先看看他，又看看她。一瞅账单儿，得两个先令，这可不是假的。他摸了摸口袋里两先令的硬币，暗自安慰：这不是做梦，绝对不是做梦。这种事本来没人会感到有什么了不得，也许只有她和他才是例外。可如今连他也感到这似乎不是非分之想了。而且……想到这里,他兴奋得站也站不住,想也不愿想了。他猛地拔出阳伞尖,急不可耐地要去找喝茶的地方,和别人一样喝茶去。

"来吧,特蕾西,咱们该喝茶去了。"

"喝茶的地方在哪儿呀?"她的口气激动得难以描述,两眼迷惘地四处巡视着。她把阳伞拖在身后,任由他领着,顺着草坪上的小径疾疾而去了。一路上,她的头往两边转悠着,心里是哪都想去,喝茶也无所谓了,只记得这儿的野花丛中有兰花野鹤,那儿有一座东方式宝塔,还有一头红冠鸟。可最终她还是跟着他走了。

就这样,成双成对的游人不断地从花坛旁经过,走路的样子几乎都是一般地无拘无束,乱走一气。一层青绿色的雾霭逐渐把他们裹了进去,起初还看得见他们的形体,他们的色彩,随后那些形体和色彩就全都消溶在青绿色的大气中了。天气实在太热了,热得连鸫鸟都躲在花荫中不愿挪窝,隔上半天才蹦跶一下,就是跳起来也是死板板的,像自动玩具似地。白蝴蝶也不再四处飞舞遨游了,而是三三两两上下盘旋,宛如撒下的片片白花,飘荡到鲜花的顶端,勾勒出其轮廓,煞似半截颓败的大理石柱。栽培棕榈属作物的玻璃温室顶反射着阳光,仿佛是一个露天市场,其中摆满了闪闪发亮的绿伞。飞机的嗡嗡声,犹如夏日的苍穹在喃喃地诉说自己满腔的深情。遥远的路那边，忽然间浮现出五光十色的许多人影，看得出有男有女，还有孩子，衣服红黄黑白的色彩引人注目。可是当他们看见了草地上那金灿灿的阳光，马上就动摇了，纷纷地躲到树荫里，像水滴一样溶入了这金灿灿绿茸茸的世界，只留下了几点淡淡红色和蓝色的痕迹。看来一切的一切似乎都已被热气熏倒在地上，蜷缩成一团，一动不动，仅有嘴里仍在吐出颤悠悠的声音，好似无数的蜡烛在吐着火舌一样。声音，对，是声音，那无言的声音，含着那样酣畅的快意，也含着那样炽烈的欲望，孩子的声音里则含着那样稚气的惊奇，一下子把沉寂都打破了。打破了沉寂？这儿哪有沉寂呵？公共汽车的轮子一直在连续地滚动，排挡一直在不停地变换。嗡嗡的市场喧闹声，就像一个套箱，全是用纯钢浇铸，一个箱子套着一个箱子，每个箱子都不甘寂寞。可是那无言的声音却如此洪亮，绝对地压倒了市场的闹声；而万紫千红的花瓣也把自己的光彩投射到了广阔的空间。

一个修道院的教堂

从远处看,克里斯教堂就像一艘驰向大海的航船。围绕着它的所有土地都平坦如水,如果在阳光照耀之下,那里还会闪烁着河流或大海似的微光。因为,正如我们一靠近它而立即发现的那样,这个教堂几乎是位于水中央的一个岛屿。在我们进行这次远征时,太阳尚未露面,但是现在,整个空中都充满了光线,宛如苍穹中拉上了一道白色的幕布,太阳光在射下来时都被过滤成了纯色的白光。在地平线上有一条天空的缘线,犹如失去了光泽的银器,但舍此以外,在这道大幕上就再无缝隙了。克里斯教堂所在的小镇是一条狭狭的长街,一头微微升腾起来,而后在其顶端绽开出它的花朵:一个修道院的教堂。这个教堂是按着小型的总教堂样式建造起来的,或许是因为它相对无足轻重吧,它并没有从宗教的改革者和恢复者那儿受到多大的磨难。教堂内部的石砌部分已被磨蚀得发白了,还到处有着崩塌之处。但大多数地方那些凿痕还是像刚离开石匠之手那样地轮廓鲜明。大部分的雕刻都优美精致,而且如此完美无缺,以致人们都需要亲眼看到刻凿在上面的日期才会意识到这作品已有了三百多年的历史了。但是这座古老的教堂最美丽的所有物——它有着许多既美丽又令人惊异的财宝——是从方塔上俯瞰时尽收眼底的视野。率先而来的是从你身下奔腾而出的教堂的尖椎,而后是两边的大海;正在你的脚下的则是像一条银链似地圈绕缠结在一起的斯图尔河和亚丰河。这个教堂是为数不多的几个没有选择地建立在山岗上的伟大教堂之一。流水就在它的脚下拍打迂回,看上去宛如一个大浪立即会吞没这片土地,冲垮那教堂的外墙。只有一衣带被羽毛状的宽叶香蒲染成暗褐色的平地把陆地与水分隔开来。往东看,尽是一马平川,而在那地平线上则是一道波动起伏着的阴影在标示着新福利斯特的领地。

夜　行

那天，我们去圣艾夫斯湾西侧一个名叫特雷韦尔的山谷地带游览。踏上归途之前，秋日的黄昏已经降临，那一片海景，在暮色中依然清晰可见：巨大的悬崖峭壁，组成一排庄严宏伟的队伍。大西洋的万顷碧波，巍然耸立，像是怀有某种自觉的神圣使命，仿佛必须服从自混沌初开就降下的一道旨令；远处一座灯塔不时地射出一道金色的光芒，穿透雾霭，突然地再现了岩石崖壁的狰狞。这光景，确实令人屏息凝眸，叹为观止。天色不早了，而前面还有六七英里的路程需要我们挪动双脚走回去。况且，我们对这一地带极其陌生，所以自觉最好不要离开大路，以免出岔。果然，不出半小时，连我们脚下的白色路面都像雾气似地漂动起来。我们不得不一步一探地往前挪动，宛如要用脚来试试是否踩到了实地似的。一个人影落到后面几码远处，晃了几晃，然后就消失得无影无踪，仿佛被夜的黑水吞噬了，而他的声音，听起来也像从万丈深渊下传来的一样。引人注意的是，尽管我们行走时互相都靠得很近，而且想用热烈欢快的争论来抵御黑暗,可是我们的声音彼此听起来都显得不自然,有点异样,最充分的说理也显得软弱无力,难以让人信服。而且我们的交谈在不知不觉之间就滑到了那些只适合于在幽暗阴郁的场所谈的话题上。

每过一阵,大家都停止了说话,于是沉默降临了。这时,你身边走着的那个人影似乎在夜色中丧失了它的存在,只有你孤身一人踽踽而行。你开始感受到四周的黑暗那咄咄逼人的压力,感受到你抗拒这重压的力量在逐渐减弱,感觉到你的精神与在地上往前移动的躯体分开了,成了另一种实体:精神飘飘悠悠的,好似昏厥了似地离你而去;甚至这条路也在身后离开了你,我们踩踏(假如我可以用在白昼穿行田野时那种明朗确切的动作来形容现在这种暧昧不明的动作)着的是浩浩渺渺无径可寻的夜之海洋。最好能不时地用脚来试探试探下面的路,以便证明它无可怀疑地是坚实的土地。眼睛和耳朵都紧紧地封闭着,或换句话说,由于承受着某种触摸不着的东西的重压,变得麻木不仁了,以至于当下方呈现出几点亮光的幻影时,我们竟然需要使劲儿地费一番力才意识到它们的存在。难道我们真的看到了亮光,就像白天看到的光线一样,抑或那只不过是大脑中浮现的幻象,如同眼睛受到打击后看到的金星?这些亮光就在那儿,在我们下面的一个峡谷里悬挂着,没有锚索加以固定，临空悬浮在黑暗柔软的深海中。我们的眼睛刚刚辨明它们确实存在，头脑就立刻清醒过来，构起了一个小天地的草图，将它们安置在其中：那儿必定有一座山，山下躺卧着一个小镇，一条道路贯穿着小镇，犹如我们记忆中的那样。数点灯火，就足以使这个小天地物化成形了。我们旅程的最奇异一段即将过去，因为某种可以看见的东西终于出现了，给了我们明确的证明。而且我们也感到自己正走在一条道路上，能够比较自在地朝前迈步了。在下面的那块地方也有着人类，虽然他们不同于白天的人。忽然之间，我们的身边燃起了一团火光，就在我们看到它的一刹那，车轮的嘎嘎声也清晰可闻：眼前闪现出一个人驾着一辆运货马车的形象。只一刹那后，亮光不见了，车轮声也哑了，我们的话声再也送不到那人的耳中了。接着，恰似各种景象在我们眼前倏忽出现和隐没，我们发现自己已置身于一个农家庭院，院里悬着一盏风灯，它那摇曳不定的光圈投向一群挤在一起的牲口，甚至也映照出我们久而隐之不见的部分身影。农家主人向我们道晚安的声音，如同一只强有力的手紧紧地抓住了我们的手，把我们拉回到现实世界的岸边。然而再往前迈步，黑暗和寂静的无边洪流又将我们覆盖。不过数点灯光再度出现在我们身旁，犹如船上的灯火一样游动在海上。它们的无声的脚步向我们靠拢——这正是我们在山顶上看到的那些灯火。这是个村庄，静穆无声，但并未沉睡，它仿佛瞪大了眼睛躺在那儿，同黑暗作着顽强的搏斗。我们可以分辨出背靠着屋墙的一些人影，这些人显然是被窗外咫尺之隔的黑夜的重负压得难以成眠，只好来到屋外，投入了夜的怀抱。在四面广阔无垠的黑色波涛包围下，那些灯火的光芒是多么地微不足道啊！飘零在浩渺的汪洋之中的一只船，堪称孤独，然而碇泊在荒凉的大地上，面对着那深不可测的黑暗海洋的这小小村落，当更为孤寂。

但是，一旦习惯了这种奇异之处，你就会发现，那里面有着宏大的宁静与美。这时，充斥于天地间的似乎只是实物的幻影和精灵。原先是山峦的地方，现在飘浮着云朵；房屋变成了点点火光。眼睛沐浴在夜的深海里，没有现实事物的坚硬外壳的磨损，获得了极好的休憩。那包容着无穷无尽琐屑什物的大地，则已融解为一片混沌的空间。对于回复了疲劳，变得敏感的双目，那房屋的四壁是过于狭隘了，那灯火的光芒是过于刺眼了。犹如曾经被抓去囚禁在笼中的飞鸟挣脱了鸟笼一般，我们此时才得以无拘无束地振翼高飞。

飞越伦敦

五六十架飞机集中在机库里，宛如一大群蚱蜢。蚱蜢也有着同样巨大的腿，有着同样小小的船形躯体架在两腿之间。如果用草叶去触碰它，它也会高高地弹飞到空中去。

机械师把飞机拖到了飞行草坪上，邀请我们来作首次飞行的空军中尉霍普古德弯下腰来发动了引擎。无数支笔曾刻画过离开地面时的感觉，"地球离开你摔落下去。"他们说，是人们静静地坐着而世界则摔了下去。地球确定是摔了下去，不过更奇异的是天空的坠落。在起飞的一刹那间，人们还未及有心理准备，就已陷入于其中，孤零零地处于其紧裹密围之中。人们习惯于把地球像个硬质圆球似地一动不动地固定于想象的中心，一切事物则都按房屋与街道的比例构造。可是当人们飞升上来，进入了天空，而天空则铺天盖地涌来时，这个有着刻痕纹饰的硬质圆球熔化了、崩溃了，丧失了它的圆顶，它的尖峰，它的炉边闲话与它的习惯，人们开始意识到自己作为恒温的硬骨哺乳动物，身体内有着红红的血液，处在这清新的空气中简直是一种冒犯，污秽肮脏和令人厌恶，与这美好的天空格格不入。脊椎、肋骨、内脏、血液是属于地球的，属于有着汤菜和用四条尖腿笨拙地行走的绵羊的世界。风声在逐渐减弱，消逝了；云朵无休止地飘动着，没有东西是持续不变的，一切都在消逝和在柔和的相互接触中融合。视界中的田野被划分成一块一块，清一色地种植着小麦与大麦，这些小麦和大麦伴随着充沛的雨水和阵阵的雹子，在此地一年又一年生长和繁殖着。空间静谧得犹如深不可测的海洋的底部，然后一切都在突变和转换，都在吹拂和移动。但是，虽然我们是穿行在一片从未用篱笆和界柱划分过的无名无主的领地上，可心灵是如此毫无骨气地以自我为中心，以致那飞机本能地被感觉为一艘船，正向着港口扬帆驶去。在那儿，我们将受到从晃动着的服饰里举起来的众手的接待、欢迎、接纳。魂魄（我们的志向和想象）之家就在那儿：尽管有着脊椎、肋骨和内脏，我们也同样是烟雾和空气，也将与他物相融合起来。

现在霍普古德中尉推动操纵杆，让这只飞蛾突鼻子向下飞去。再也无法想象比这更奇异古怪的事了，房屋、街道、银行、公共建筑物以及习俗、羊肉与汤菜，都变形为粉色与紫色的螺旋体与曲线，宛如一把湿刷子将颜料堆扫拢时的情景。人们能看到英格兰银行的里里外外，所有的办公室都清澈透明。泰晤士河和罗马人眼中看到的是一个模样,就像旧石器时代的人类,黎明时分站在树木丛生、且有犀牛用角在挖着杜鹃花根的山坡上所见到的一模一样。伦敦看上去是如此的清新和原始,如此的永恒不朽,仿佛英国就是这世界,就是这地球。霍普古德中尉一直推着操纵杆使飞机往下飞去。一个光斑在一间绿色的房屋上闪烁,地面上矗立起一个拱顶,又一个尖顶,一支工厂的烟囱,一只贮气罐。文明简练地浮现着,手脚与心灵再次劳作,往昔的岁月消逝了,蛮野的犀牛也永远地被逐出了我们的视野。我们依然下降着。出现了一个公园,一个足球场,但还没有见到过人的踪迹。英格兰看上去就像一条无人操纵的航船。或许这个民族已死亡了,而我们则该像那艘船上的人——发现那艘船扯着满帆在航行,水壶架在火上,可是船上杳无人迹——一样,登上这个世界。不过在那儿有个斑点,某个小而胖的东西,可能是一匹马——或者一个人……然而霍普古德拉动了另一根操纵杆,我们再次飞升上去,犹如一个精灵从翅翼上抖去尘世的污秽,从脚上抖去那些贮气罐、工厂以及足球场。

　　这是一个否弃的时刻。我们喜欢的是另一些,我们似乎在说。灵魂、沙丘、晨雾以及想象,比起羊肉和内脏来我们更喜欢这些。现在,死亡的念头浮现出来,不是受到接待和欢迎，也不是永恒不朽，而是被消灭绝迹。这是因为天上的云层是黑色的，一群列成纵队飞行的海鸥穿越过云层，白色的羽翮与铅色的背景形成鲜明生动的对比。它们以所有者的威势保持自己的方向前进着，它们拥有着我们一无所知的权力和沟通的手段，这是一个异己的、拥有特权的生物种族。可是在那儿唯一存在的就是海鸥，那儿没有生命。生命终止了，生命被浸到了云层里，仿佛一盏灯被一块湿海绵给闷熄了。灭绝现在变成了人们的所欲之事，因为在这种航行中，人们会奇怪地注意到，那灵魂和它的欲望的潮汐是多么盲目地涨涌到这儿或那儿，顶部裹挟着羽毛似的意识，但不是控制它，而仅仅是标示出方向。现在我们就是这样急速地飞向死神。

霍普古德的脑袋套在边缘有毛的皮帽里，模样颇像个空中的摆渡者——像那个卡隆①的脑袋，无情地把他的乘客引向那块吞噬一切的湿海绵。因为心灵（人们能重复这些事物而无需顾及它们的意义或真相，仅因它们本就如此）迅速地、孤寂地认识了灭亡，而且还为之骄傲，仿佛它理该灭亡。灭亡越有益于它，其他意愿拖延越使之称心合意。这心灵对着霍普古德中尉的背在祈祷：

---

① 希腊神话中在冥河上渡亡灵去冥府的神。

卡隆，继续带我前行吧，将我深深地、深深地投送进去，直到我身内的每一点微弱的闪光、那热量那知识甚至我脚趾上的刺痛都沉隐下去。毕竟这生命、这感觉上的搔抓和刺痛——那黑暗、阴沉，那黑色的潮湿——也不过是一种感觉。人类心灵中的虚荣心是如此的不可救药，以致那云层，那灭熄一切的湿海绵，变成了——现在人们想起了与自己心灵的接触——一个熔炉，而我们则在其中吼哮着上升，我们的死亡则是朵朵火焰，在生命的顶峰挥舞摇动，火舌迸吐，血红血红，隔着海洋与陆地都清晰可见。哦，灭亡，这尽善尽美的字眼儿！

现在我们已到了云层的罗裙之中，飞机的机翼上噼噼啪啪地溅落着冰雹。雹子闪着银光笔直地飞掠过去，就像闪光的铁轨。无数的箭向我们射来，又落到我们下面的秋天的林荫道上。

然后卡隆转过缀着毛边的脑袋向我们笑着。这是一张丑陋的脸孔，颧骨高耸，小眼深陷，一边脸颊直贯着一条被割破又缝合上的皱痕。也许他重如十五块石头，而且有着栎木似的肢体和棱角。然而霍普古德中尉身上所有这一切，现在已荡然无存，唯一所剩的是激情的火焰，就如人们在街角火堆处看到的被风刮得岌岌可危、飘忽不定的火焰似的，是一片再敏捷灵活也终难逃脱死亡的火焰。这就是中尉，也是我们的变幻结果，于是那紧握的双手、那拥抱、那将共同赴死者的友情都消失了，肉体已成虚无。然而，恰如人们走到一条林荫大道的尽头，发现了一个浮游着鸭子的池塘，塘内除铅灰色的水以外别无他物，我们也是如此穿越过冰雹的林荫道，进入了一个池塘。这池塘极其宁静安谧，上面是烟雾，下面是云朵，所以我们就如浮游在池塘上的鸭子一样漂游着。不过我们头上的烟雾则是一片凝聚的白色，仿佛色彩流淌到画笔的末端一样，天空的蓝色也这样地流注入它下面的那一滴之中。我们的上面一片雪白。现在，吃汤菜的哺乳动物的肋骨和内脏开始冻结，雾化，被冻成了这光谱宇宙中的光亮和白色以及虚无。因为在那儿没有云朵的飘流和堆聚，也没有光线的戏弄以及大块云彩的崩溃消散或再次聚堆与膨胀。那儿也没有羽毛，没有缝褶在毁坏永远、永远永远地往上攀升的陡壁峭崖。

而那些淡黄色的光——霍普古德和我们自己——就像太阳光在漂白着燃烧的火焰一样，有效地被熄灭了。海绵在用它那潮湿的鼻子抹擦我们，虚无仿佛一大堆白色的沙子倾泻到我们身上。然后好像我们的某些部分仍重不堪言，掉入了羊毛状物、实体和色彩中。所有那些被捣碎的葡萄干、海豚、毛毯、海洋以及雨云的色彩都被糅到了一起，又污染上紫色、黑色，所有这些都在我们周围沸腾着，而眼睛的感受则和一条鱼从岩石上滑入海水深处时的感觉一样。

我们在云层里被裹住了一段时间，而后那童话似的地面出现了，躺在远远的下方，俨然是一条薄片或刀页似的飘浮着的色彩。它飞速地向着我们升腾上来，不断地扩展和延伸着。森林浮现出来，还有海洋，然后又是一个不稳定的黑色团块，不久就被尖塔刺戳并吹散成了圆泡和拱顶。我们相距得越来越近，全部的文明再次在我们下面铺展开来，默默无语，空旷辽阔，宛如一个教学模型。那些航行着运煤与钢铁的轮船的河流、教堂、工厂以及铁路，没有一物在移动，也没有一人在操纵机器。直到后来人们才在伦敦郊外的某处田野上看到一个点在确凿无疑地移动。虽然这一点只有矢车菊那么大，动得也微乎其微，但理性却坚持认为那是一匹马在奔驰着。由于所有速度与尺寸都压缩了，因此马的速度看上去就非常非常的缓慢，它的外形也微乎其微了。不过现在街道上已有了频繁的移动了，仿佛在滑行与停顿似的；然后逐渐地，下面那东西的巨缝里也有了动静，人们可以看到这缝隙里千百万昆虫在移动。紧接着，它们变成了男人，变成了这白色的城市建筑物中心里的商人。

现在人们用一副蔡斯望远镜已能确确实实地看到每

一个男人的头顶，分辨出圆顶礼帽与鸭舌帽，也能因此而确定社会等级：这是个老板，那是个工人。人们不得不持续地从空中的价值观念转变成陆地的价值观念：在城市中有着交通堵塞，有时几乎有一英尺那么长，翻译过来就是十一或十二辆罗尔斯罗依斯轿车排成一行，而城市的权贵们则愤怒地在里面等待着。人们必须顾虑到这些权贵们的愤怒，虽然那堵塞仅有几英寸那么长而且寂无声息，也得说伦敦城里的交通管理真是臭不可闻。

随着霍普古德中尉手腕的转动，飞机飞到了贫民区的上空。在那儿可以从蔡斯望远镜中看到人们在抬头观看这叫嚣着的飞机，可以辨认出他们脸上的表情。这不是人们通常所见到的那种表情，而是复杂的。"我还得擦洗这些阶梯呢。"他似乎牢骚满腹地说。不过他们还是表示了敬意和欢迎。他们也是能够飞行的！这些脑袋终究还是低了下去，手中紧紧握着擦洗刷子，目光落在一塌糊涂的人行道上。他们摇着头，又再次抬头望望我们。可是更过去一些，或许已到了牛津街的上方了，根本没人注意我们，人们继续怀着某种全副的愤恨相互推撞，争相目睹一个商店橱窗里的某件东西（在我们从其上方经过时见到了一道黄色的闪光）。再过去，或许是贝斯瓦特附近，那儿的人丛要稀疏一些，我们的眼睛会突然逮住一张脸、一个轮廓、某个戴帽子的奇怪东西或者人。

然后颇为奇异的是人们竟会极其憎恨那些旗帜、外壳以及无数像林荫道一样对称、像树林一样匀称的窗户，企望着有一些空旷地带，能推门入室和甩掉那外壳。在贝斯瓦特河上游，一扇门真的打开了，片刻之间，出现了一个房间，难以置信地狭小，就其自身企图与人隔离开来，自然是颇为荒谬可笑的。随后——这是一张女人的脸，或许还年轻，可不管怎样，她身上的黑色斗篷和红色帽子却使得家具——这儿是一只碗，那儿是一个放着苹果的餐具架——不再令人感兴趣，因为购买一张席垫，或者搭配两种色彩的能力已变得一目了然了，就像人们会说电焊火上的烟雾清晰可见一样。从空中观看到的一切已改变了它们的价值。个性跑到了身体之外，成了抽象之物。人们希冀着能用它去赋予心脏、腿和脚、胳膊以生命，而要达到这目的，就必须身临其境以便收集那些个性，或者飞翔于空中时，放弃这项艰巨的游戏。

然后，田野在我们四边扭曲起来，我们被一条绿布和白色的跑道木栅——它们就像带子似地绕着我们飞舞——的旋涡攫住了，接触到地面，以巨大的速度前进，颠簸，在高低不平的地球表层碰撞着。在经过了那羽絮般的空中后，这些都是些什么样的硬棱角啊。我们已经着陆，一切都结束了。

事实上，飞行还没有开始。因为在霍普古德中尉俯身发动引擎时，他在机件中发现了某种故障，于是他抬起头，非常羞怯地说："恐怕今天飞不了啦。"

所以我们根本就未曾离开过地面。

威姆伯利的雷声[①]

威姆伯利的祸因全在于大自然,而且很难看出斯蒂文森勋爵、陆军中将特拉弗斯·克拉克爵士以及德温夏公爵能有何对策使她免遭此厄运。他们能够刈除杂草,伐去栗树,可即便如此,鸫鸟也会翩然而至。况且还有那始终高悬的天空。在伊尔斯宫廷和怀特城,就记忆所及,这方面倒是没有麻烦。那方土地太小,而光线则太明亮。如果单独一只飞蛾迷途而进,与灯嬉戏,那它立即就会变成一个头昏目眩的狂欢者;如果一棵金链花树轻盈地晃动她的花缨,那紫罗兰色的空气中就会飘动着闪烁的光斑。所有的一切都处于陶醉和变换之中。但是在威姆伯利,没有事物的转型换貌,也没有人的醉入虚无。据他们说,真的,那儿有一个餐馆,它强迫每个就餐者必须为他的一顿饭花上一个畿尼金币。这个传闻将唤起的是何等样的有关冷冰冰的火腿、成堆的面包卷、成加仑的咖啡与茶的遐想啊!因为,在威姆伯利,无法

[①] 威姆伯利:英国东南部靠近伦敦的一个城市,举行过英联邦国家的博览会。

想象会有香槟、鸽鸟蛋或者桃子，而两个就餐者只要用六先令八便士就可买到足够的火腿面包。六先令八便士不是一笔大数目，不过也不算小。这是一笔普通而适中的钱，在威姆伯利风行的消费数目。就如你通过敞开的店门，可看到林荫道上停放着大量的汽车，它们并不华丽耀目，功率也不强大，但也不是价格低廉、脆弱易破的玩意儿。六先令八便士似乎就是它们每一辆的价格。那些碎石机的情况也一样。你可以把它想得天花乱坠，也可把它想得惨不忍睹，但在我们面前的这机器终是经久适用且毫无疑问地只值六先令八便士。衣料、绳线、桌布、古代名家作品、食糖、小麦、银丝工艺品、胡椒、鸟窝（可食用和出口到香港）、樟脑、蜂蜡、藤杖以及其余诸物——何用不嫌其烦地去询问价格呢？人们事先就一清二楚：六先令八便士。至于说到建筑物，那些庞大坚固的灰色建筑，也不会曾有什么粗陋而奢侈的念头在它们的设计师脑袋中翻来滚去；同样，这些设计师也厌弃廉价，诅咒俗气。不管那些水泥与铁构成的建筑如何出售，它的每一根横木，每一根直杆，每一方柱架，花的造价都是六先令八便士。

然而，正如人们已开始有点儿厌倦探索那两个漂亮的词语——民主、平凡，自然在人们最不会去寻找她的地方张扬出了自己——在牧师、学生、姑娘、年轻男子、浴椅上的残疾者那儿。他们静静地、沉默地走过，一群群，一批批，有时则是独自一人。他们爬上巨大的楼梯，排成队伍站着，以便免费矫正他们的视力，免费为他们的钢笔灌墨水。他们彬彬有礼地注视着一袋袋的粮食，尊敬地瞥视着加拿大进口的割草机，不时地弯腰捡起一些纸袋或香蕉皮，把它们扔进林荫道边每隔一定距离设置的弃物箱中。可是在我们当代人身上究竟发生了些什么呢？每个人都风度翩翩，每个人都高贵庄重。难道那会是他们第一次遇到人类吗？在街上他们步履匆匆，在家里他们滔滔不绝。在银行里他们是银行家，在商店里他们出售鞋子。在水泥与钢铁筑成的不列颠、在笼统而言尚未被他人染指的可爱的缅甸的宏大背景前，他们直率地显示出自己是人类，是闲暇、文明以及尊严的造物。也许有一点儿倦怠，一点儿纤弱，但却是一种值得为之骄傲的造物。实际上，他们却是这个博览会上的废弃物，德温夏公爵和他的同事本来应该把它们清除出去的。当你观看着他们在漫步和奔走，在梦想与算计，在赞叹这只咖啡碎磨机、那个奶油分离器时，博览会上其余的一切会变得无关紧要。人们不禁会问，他们身上是被施了什么符咒？如此尊贵的他们怎么会让自己被人牵了鼻子走？

当然，这玩世不恭、且立即变得那般冷漠、那般高傲的思绪是由那鸫鸟引发的。在娱乐场下方，靠近一些能窥见部分议会大厦的坟墓边，有几棵树和几丛杜鹃花被容忍留在那儿，而它们，就如每个人都会预想到的，吸引着飞鸟。在你等待着被送上高空时，你不可能会没听到那鸫鸟的歌声。一抬头，你发现一棵花季中的栗树矗立在那儿，俯首时又见到一片散布着花瓣、躲藏着昆虫、点缀着零落野花的青草。此时，留声机正声嘶力竭，少男少女的偶像上方马蹄形的彩灯灯光闪烁，一个男人打着鼓请你去戏弄猴子，成船成船面容严肃的男子随着那景区小铁路高低起伏，可所有这一切都是徒劳无功的。当那船照其设定的路线从高处飞降下来时，本应撕裂天空的狂欢声却减弱下去，落入了平乏之中，相反鸫鸟在继续着它的吟唱；然后从那些傍邻着的红砖小屋群中，走出来一些妇女，在后院中拧绞着洗碗布。这一切，德温夏公爵本应是加以防止的。

天空的问题依然存在。人们感到奇怪的是，无精打采地躺在绿色的休息长椅上无人干涉，是否也算博览会的一部分？它是否在让自己极其圆滑而又有力地炫耀雪白的巴勒斯坦、红色的缅甸、沙灰色的加拿大以及我们在东方所拥有的宝塔和伊斯兰寺院的尖塔？它默默无语地忍受着让所有这些圆形屋顶和宫殿融入自己的胸怀，且如此忧郁和微妙地决定接纳它们，如此高雅宽容地允许少男少女上那罕见的彩灯，允许耍猴者像明星那样显示自己。但是即使在我们观看和赞慕着那些我们将欣然地归功于陆军中将特拉弗斯·克拉克爵士的高瞻远瞩的景象时，我们仍能听到一阵呼啸的声音。这是风声呢，或者是不列颠帝国博览会上的声音？两者都是。风正渐起于青萍之末，沿着林荫道滑行而前，帝国的曼斯特乐队正集中起来向着运动场行进。像针插似的男人，像凸胸鸽似的男人，像邮筒似的男人，都列队经过，尘土在他们身后旋动。帝国乐队极其冷漠和毫无表情地前进着。不用多久，他们将进入要塞；不用多久，大门将铿锵着关上。但是让他们再快些吧！因为，不是老天看错了她的方向，就是某个吓人的灾难即将降临。天空现在是青黑中透着苍白和硫黄色，处于剧烈的骚动中。天上就像有一只旋转的喷水器正把云雾喷射到空中，把尘埃喷到博览会上。飞尘在林荫道上旋转前行，经过街角时就像竖立的眼镜蛇那样嘶嘶作响。宝塔消失于尘土中，水泥与钢铁也不再无隙可乘。殖民地正在消亡，弥散成难以想象的美和被某种恶势力渲染的恐怖的碎末，它腐朽衰败的色彩就是死灰色夹杂紫罗兰色。人——牧师、学生、浴椅中的残疾者——从四面八方飞翔过来，他们伸展着手臂，以震耳欲聋的悲号声为前导，但是其中却既没有困惑，也没有沮丧。人性正趋于毁灭，然而她平静地接受了这种厄运。加拿大展区开设了一个弱不禁风的遮蔽帐篷，牧师与学生获得了入门权。而在室外空地上，令人惊悸的银白色云层下，帝国乐队正在演奏，风笛声嘶鸣着。牧师、小学生以及残疾人围绕着白脱油塑的"威尔斯王子"聚集起来，天空中闪电犹如银白色的树根四处伸展。帝国在腐朽，乐队在演奏，而博览会则在堕落之中。这就是让天空进来的必然代价。

太阳和鱼

　　这是一项令人愉悦的游戏,而在一个黑沉沉的冬天的早晨,更是如此。人们对眼睛说起雅典、西吉斯塔、维多利亚女王,尽可能温顺谦恭地等待着看随后将发生的一切。可能什么也没有发生,也可能发生了许许多多的事,但却全然出乎意料。戴着角质眼镜的老夫人——前女王——显得极为生动逼真,可不知怎么搞的,她却与一个在皮卡迪利大街弯腰拾硬币的士兵、与一只摇摆着穿越肯辛顿公园的黄色骆驼、与一把厨房中的餐椅和一个挥动着帽子的尊贵的老绅士联系在一起了:多年以前心里就不知不觉地把她与所有格格不入的事物缠绕到了一起。当人们说起维多利亚女王时,他们所想到的是种种极其不同的客体,要把它们分门别类至少得花费一个星期的时间。另一方面,当人们对自己说起曙光中的勃朗峰、月光下的泰姬陵时,他们的心灵却仍处于空白之中。因为目之所见,只有在我们贮存记忆的怪潭中才会幸存下来,而且还得有足够的运气与某种别的情感——凭此它才得以留存下来——联姻携手。目之所见的婚姻是不相协调的、无视常情的（就像那女王与骆驼），而正因如此，才使每一幅视像都栩栩如生。勃朗峰，泰姬陵，那些我们不辞艰辛地远游去观看的景象，都在淡化、模糊和消失不见，因为它们找不到正确的伙伴。在我们临终的睡床上，我们不会见到比墙上的猫或一个戴着无边遮阳女帽的老女人更为崇高庄严的事物。

所以，在这个黑沉沉的冬之晨，当真实的世界渐隐下去时，让我们来瞧瞧眼睛能为我们干些什么。显示一下日食和月食吧，我们对眼睛说，让我们再度领略一番那种奇观吧。于是我们立即就如愿以偿了——不过这心灵之眼只是个美意的喻称，它其实只是一丛神经，能倾听和嗅闻，能传导热觉和冷感，它依附于大脑，唤起心灵去辨析和思考——只是因了简练之故，我们才说在黑夜里立即就"看见"了火车站。一大群人聚集在一道栅栏前，可这是多么稀奇古怪的人啊！手臂上搭着雨衣，手上拿着小箱子，脸上一副即兴的神情。他们之所以聚成那样一个奔走骚动的群体是因为他们（不过这儿说"我们"倒是更为合适些）具有一个共同目的的意识。再没有比这更为奇怪的目的了，它把我们在这个六月的夜晚带到尤斯顿火车站，聚集在一块。我们是来观看黎明的景观的。在英格兰各地，像我们这样的火车无时无刻不在出发去观看黎明之景。所有的鼻子都指向北方。当我们在僻远的乡下临时停车时，可以见到苍黄色的汽车灯光，同样也指向北方。所有的人都在遐想黎明的景观。当黑夜在慢慢消逝时，天空，那千百万人思维的对象，比平时显得更为突出和实在。随着时间的推移，我们头上那苍白柔和的天穹的意识也在增加其分量。在这寒冷的清晨，当我们在约克郡的路边下车聚合时，我们的感官的导向也与平时迥异了。我们与他人、房屋、树木的关系已不再与昔时相同，我们所拥抱的已是整个世界。我们的远行，并非为了找一个小旅馆的客房投宿，而是为了数小时与苍穹忘形地交欢。

所有的一切都非常的苍白失色。河流是苍白的，遍地青草和本应是红色的玉蜀黍花缨也全无色泽，那一片田野静静地卧躺在那儿，围绕着黯然失色的农舍悄声低语和蜿蜒起伏。现在农舍的大门打开了，农夫和他的家人走出来加入了这队伍。他们穿着星期天的服饰，上下黑色，干净整洁，静悄悄地宛如上山去教堂；而有时则只是女人们靠着楼顶房间的窗台，带着觉得有趣的轻蔑观望着队伍的经过。四下里显得如此的寂静无声，她们似乎在说，这些人远道而来，究竟是为了什么？我们会产生一种奇异的感觉，似乎是在与一个演员约会，他的躯体是如此庞大，以至他的来临是无声无息和无处不在的。

我们抵达了预定之地,那是一处高岗,山丘向下面一马平川的棕褐色沼泽地四处延伸开去。待到此时,我们虽已衣冠楚楚——固然我们浑身冰凉,而双脚站立在那红色的沼泽地中可能使我们更为寒冷;固然我们中的某些人蹲坐在雨衣上的杯盘中间又吃又喝,而另一些人的装束简直异想天开,没有一个人是处于其最佳状态中——而且还显示出一副道貌岸然的样子。也许我们倒该是撕掉个性那小小的标识与符号。在天空的轮廓下,我们仿佛是一条绳线、一群雕像,引人注目地站立在世界的屋脊上。我们非常、非常的古老,是远古世界中的男人与女人,来向黎明致以敬意。史通亨吉①的礼拜者必定也曾是这样站在草丛与岩石上的。突然间,从约克郡某个乡绅的汽车里,跳出来四条巨大、瘦削的红狗,它们看上去就像古代世界的猎犬,鼻子贴近地面,循着野猪或野鹿的踪迹奔跳着。与此同时,旭日冉冉东升,一朵白云在太阳光线慢慢地照射上来时,像一幅白色的帘子那样灼灼发光;金黄色的楔形光流从上面瀑泻下来,使峡谷中的树林显出一片葱绿,村庄则成了蓝褐色。在我们身后的天空中,白云犹如白色的岛屿漂浮在淡蓝色的湖泊中。在那儿,天空是无边无垠、任意驰骋的,然

---

① 英国塞利斯布勒平原上的一处史前遗址。

而在我们的前面，却有一条轮廓模糊的雪堤聚集起来了。不过，当我们继续观看时，它渐渐消散淡薄，成了片片云絮。瞬息之间，金色剧增，把白色融成了一幅火焰般的薄纱，且变得越来越稀薄，直到在某一刹那间，把辉煌壮观的太阳呈现在我们的眼前。然后，出现了短暂的停顿，片刻的悬而未决，恰如起跑前的那一瞬间，发令员揿下跑表，计算起分秒数，而运动员则飞驰而出。

太阳也必须在神圣的时间耗尽之前，穿越云层，抵达它的目的地——右边那一片淡淡的透明。他起跑了，云层在路上设下了重重障碍，又是缠绕又是阻拦，都被他冲撞了过去。在被云层遮蔽住时，他还能被感觉到在那儿闪烁和飞驰。他的速度极为惊人。一会儿露出脸来，明亮夺目；一会儿进入云层，无踪无影。不过人们总是可以感觉到他在那儿飞驰，穿越黑暗，冲向目的地。有那么一瞬间，他现出身来，在我们的望远镜里把自己变成了一个中间凹陷的太阳，一个月牙形的太阳。最后，他钻入云层进行最后的努力了。现在他已完全被遮住了。时间在流逝，跑表捏在一只只手上，神圣的二十四秒钟开始了。除非他在最后一秒钟前胜利地穿越过去，否则他就是输家。人们依然能感觉到他正在云层后横冲直撞地奔跑着去赢取自由，但是云层阻碍着他，它们四处扩展、增厚，呆滞在那儿，抑制了他的速度。二十四秒钟只剩下最后五秒了,可他仍然被云遮蔽着。于是,当那生死攸关的几秒钟过去后,我们意识到太阳的失败了。他输掉了这场赛跑,这已是确凿无疑了。所有的色彩也开始从荒野中溜走了。蓝色成了紫色,白色变成了像一场狂暴然而无声无息的风暴袭击前的那种青灰色。粉红色的人脸染上了绿色,天气变得极其的寒冷。这就是太阳的失败,而这,我们痴痴地想着,也是所有失望地从面前阴沉沉的云毯转向身后的荒野的变化。它们是青灰色的,是紫色的。可突然之间,人们开始感悟到还有其他的事将发生,一些出乎意料的、令人惊畏的、不可避免的事。阴影变得越来越黑暗,凌驾在荒野上,犹如发生在船上的倾斜,不但没有在关键时刻改变过来,反而一点儿一点儿地在增加,然后突然倾覆了。那光线也是这样,变化着,"倾斜"着,最后败给了黑暗。这就是结局:世界的肉体与鲜血都已死亡,剩下的只有它的骨架。它悬荡在我们脚下,一个脆弱易碎的贝壳,死气沉沉,枯萎干瘪。而后,在难以察觉的运动中,这番光线的深厚敬意、这种壮观的屈膝谦卑结束了。但是在世界的另一边,它又轻盈地露出脸来。它乍然出现,仿佛一个动作,在一秒钟的惊人停顿后,就是另一动作的补充。而在这儿寂灭的光线又在别处升腾起来。从来不曾有过这样一种返老还童和恢复健康的感觉,所有的康复以及生命的展延似乎都已融合为一体。不过在一开始,由于那色彩是如此的明亮、脆薄和奇异,就像雨后的彩虹那样喷洒成一个色环,以至看起来地球似乎永不可能在它的有生之年以如此弱不禁风的色泽来装饰自己。它就悬荡在我们下面,像一只笼架,一只铁环,一只玻璃球。它很可能被吹熄掉,也很可能被撞碎。但是当那把巨大的画笔涂抹着峡谷中那黑郁郁的树木和上面那蓝青色的群山时,我们的宽慰感和信心就稳健而且确凿无疑地扩展和树立起来。世界变得越来越实在,变得稠密拥挤,变成了一个寄宿着无数的农舍、村庄、铁道的所在,一直到文明的整个构架都展示和物化出来。但是对先前感受的记忆却仍在持续:我们所站立着的地球是由色彩构成的,它会被抹去、消失,而后我们就会站在一片枯叶上。现在安稳地踏踩在地球上的我们将亲眼目睹它的死亡。

然而眼睛还不肯放过我们,遵循着它的某种我们无法立刻领悟的逻辑,它在我们面前呈现出一幅伦敦的图景,或更确切地说,是对伦敦的总体印象。那是炎夏中的伦敦,从其震动感和混乱感来判断,伦敦的社交正处于其巅峰期。得花费一会儿时间我们才会意识到,首先,我们是在某个公园里,其次,从沥青路和四处乱扔的纸袋来看,这是个动物园。然后,在毫无准备的情况下,两只蜥蜴的完美无缺的雕塑呈现在我们面前。在毁灭之后接踵而来的是宁静，衰败后跟着的则是稳固——那或许就是眼睛不管三七二十一的逻辑。一只蜥蜴一动不动地趴在另一只蜥蜴的背上，只有金色眼睑的眨动或者绿色的腹翼的翕动才显示出它们是活体，不是青铜的浇铸。在这凝固的销魂边，人类所有的情欲似乎都显得偷偷摸摸和过分狂热。时间仿佛停住了，我们则处于不朽之中。尘世的喧嚣就像云絮一样从我们这儿堕落。大群坦克插入了被黑暗包围住的不朽的方阵的层面——那是稳定的阳光世界，既没有雨水，也没有云彩。那儿的居民在进行着永恒的进化，其错综复杂由于没有理性而显得更为异乎寻常。蓝色和银白色的军队，为他们飞箭似的迅捷拉开理想的距离，起初向这个方向射击，然后转向另一方向。纪律是完美的，控制是绝对的，而理智则全然没有。与它们相比，人类进化中最雄伟壮丽的东西似乎也显得微不足道和动荡不定。这些世界中的每一（大小也许有四乘五英尺）秩序与安排方式都同样的完美无瑕。对于森林，它们拥有半打的竹杖；对于群山，它们拥有沙丘。对它们来说，一只贝壳的曲线与皱褶就包含着所有的历险，所有的浪漫。一只水泡的升腾，在别处会视而不见，可在这儿却是最具重要性的事件。那银色的水泡螺旋形地穿水而上，在那似乎是平铺在水面的玻璃片上破裂消失。没有一件东西的存在是不为世界所需的。

那些鱼似乎是深思熟虑后造化出自己那副尊容，溜滑进这世界也只是为了证明自身。它们既不操劳，也不哭泣，它们的形状就是它们的理由。除了这个理想生存的充分理由外，难道还有别的什么目的使它们成为这样的吗？它们当中有的是圆滚滚的，有的是那样地单薄；有的在背上长着辐射状的鳍翅，或排列着红色的"电灯"，有的鱼波动起伏宛如煎锅上的白色薄饼；有的则装备着蓝色的铠甲，或被赋予了庞大的爪子，还有的令人憎恶地在边缘处长满巨大的鳍。在半打鱼的身上，已耗费了比用之于人类所有种族更多的关注。可在我们穿的花呢与丝绸之下，除了一个单调乏味的粉色裸体，何曾还有别的什么！诗人们并不像那些鱼一直透明到脊梁骨，银行家没有坚爪，国王与王后既无颌须，也无皱壳。总而言之，我们像是赤裸裸地进入养鱼缸，绝无可取之处。现在眼睛闭上了，它已给我们呈示了一个死气沉沉的世界和一条永恒的鱼。

三幅画

第一幅

人们不可能没看到过画。因为如果我的父亲是个铁匠,而你的父亲是这王国的一个贵族,我们必定需要在对方眼里都如画似的栩栩如生以及固定不变。我们不可能由于说着自然的言语就从这画框中脱逃出来。你看到我斜依在铁匠铺的门上,手中拿着一块马蹄铁,于是在经过时你就想:"好一幅画面!"而我,看到你极其适意地坐在车里,犹如正准备去向平民大众致意一般,心里就在想:这可真是古老奢侈的英国贵族的一幅肖像啊!毫无疑问,我们两人的判断都大大地错了,但是那却又是难以避免的。

所以现在在路的拐弯处,我看到了这样一幅画面。它本来可冠之以"回家的水手",或某个诸如此类的标题(如果它真的是一幅画的话)。一个容光焕发的年轻水手携带着一个包袱,一个女孩用手挽着他的手臂,邻居们都聚集拢来;农舍的园子里鲜花怒放。当人们从旁经过时，他们可以从这幅画面的底部看出：这水手在远航中国后返回家园。在客厅中正有一桌精美丰盛的酒宴在等待着他。在他的包袱中，有一件给他年轻妻子的礼物，不久她就将生下他们的第一个孩子了。在那幅画中，人们感到一切都是恰当的、美好的、本该如此的。在如此美满幸福的景象中有着某种健康的和令人满足的东西，生活似乎比以往更甜蜜和更令人妒忌了。

我就这样沉吟着经过他们面前，而且尽可能完整、彻底地充实着这幅画面：注意着她衣服的色彩，他眼睛的颜色，还看到了一只沙灰色的猫绕着那农舍的门鬼鬼祟祟地溜了过去。

这幅画面在我的眼前浮现了好一会儿，使得绝大多数事物都显得比平时更加明亮，更加温暖，更加单纯；同时也使得某些事物显得愚蠢，使得某些事物显出正确或错误，以及比以往更富于意义。在那天以及第二天的空闲时，那幅画面又会在脑海中重现出来，使人不无妒忌和善意地想着那幸福的水手和他的妻子。人们会猜测他们现在在干什么，在说什么。想象力提供了从那第一幅上升腾起来的另一幅画面：那水手在劈柴火，在汲水；他们在谈论中国；那女孩把他的礼物放在壁炉架上，以便每个来人都能看得到；她在缝制婴儿衣服，所有向着花园的门和窗都敞开着，小鸟飞来飞去，蜜蜂在嗡嗡地哼着,而罗格斯——那是他的名字——抽着他的烟斗,脚伸在园子里,禁不住说:在远航中国后,这一切是多么地合其心意啊!

第二幅

在那天的午夜时分,一声刺耳的哭喊惊动了整个村庄,然后又是一阵嘈杂的声音,这之后,一切又归于死一般的沉寂。从窗子往外看,唯一能见到的是悬卧于小路上方的那紫丁香树一动不动的笨重树枝。天上没有月亮,那声哭喊使得一切都似乎预兆着不祥。是谁在哭喊?她为什么要哭喊?这是个女人的声音,流露着某种几乎没有性别、没有声调的极端情感。这声音似乎是人性对某种不公平、某种无法表达的恐怖的抗议。四野仍是死一般的沉寂,星星完美稳定地闪烁着,田野里静悄悄的,树木也纹丝不动,然而所有的一切都似乎是内疚的、有罪的和不祥的。人们感到某件事应该去完成,某种光线应该显示着动荡不定,在摇晃着移动,某个人应该顺着路跑过来,在农舍的窗子中应该亮起灯光,然后或许是另一声哭叫,但是稍许能辨别出一点性别,稍许有些像言语,也有点松弛和宽慰感。可是,没有亮起灯光,没有听到脚步声,也没有第二声哭喊。第一声叫喊已被夜吞没了,四下里一片死一般的静寂。

人们躺在黑暗中专注地倾听着。但那仅仅是一个声音，没有东西和它联系在一起，没有任何画面来译解它，使它能为心灵所理解。随着夜色的加深，人们最终所能"看到"的只是一个晦暗的人类形体——几乎辨识不出形体——徒劳地对着某种势不可挡的敌意举起了一只巨大的手臂。

第三幅

晴朗的天气依然如故。如果不是因了夜间的那一声哭喊，人们本会觉得地球已驰进了港口，生活已停止了在风暴前的疾驰，到达了某个宁静的港湾，抛下了锚，在那平静的水面上难得一动。然而那声音仍然紧盯不放。不管人们走到哪儿，都如是在山峦间的一次长途跋涉，某种表象下的东西似乎总在变幻不定，使得人们周围的一切，那宁静，那稳定，都好像有些虚假。那一面山坡上，绵羊成群地聚集在一起。峡谷破裂成长而渐细的波涛，恰似光滑的瀑布一样。人们碰上了幢幢孤独的农舍，小狗在院子里打滚，蝴蝶在荆豆花上嬉戏。所有的一切都极为宁静和安全。然而，人们继续在思索着：一声哭喊曾打破过这一切，所有这一切美都曾是那黑夜的帮凶，都曾同意保持安静，仍然美丽。在任何时刻，它都会再次被分割开来，这美好，这安全感仅属于表象的层次。

而后为了让自己摆脱这种忧郁的心情而快活起来，人们转向了那一幅水手归家的画面。人们又一次完完整整地看到了它，而且幻想出各种各样的细节：她衣服的蓝色，从黄色的繁花盛树上落下的树荫。就这样，他们站在农舍的门口，他的背上背着一只包袱，她则轻轻地用手抚摸着他的衣袖，一只沙灰色的猫鬼鬼祟祟地从门边溜了过去。在慢慢地重温这幅画面的每一个细节的过程中，人们逐渐地说服自己：在那些表面现象下面，与任何不可靠的和邪恶的东西相比，更有可能存在的是这种宁静、满足和善良。那吃草的绵羊、峡谷的波浪、农舍、小狗、翩翩起舞的蝴蝶，事实上始终都是如此。于是人们就此返身回家去了，但心里却一直在想着那个水手和他的妻子，一幅接一幅地勾勒有关他们的画面，这样，一幅幅幸福和美满的画面就会叠压在那不安和险恶的哭喊声上，直到它被那画面的重压压碎、湮没、不复存在。

终于回到了村庄，见到了位于必经之路上的教堂大院。进入大院时，人们受到这个地方的祥和宁静的氛围、郁郁葱葱的紫杉树、抚摸得锃光闪亮的墓碑、无名无姓者的坟墓的影响，那通常的想法又浮上心来。人们觉得，在这儿，死亡是快乐的。真的，瞧那幅画面！一个男人在挖掘墓坑，而当他在工作时，一群孩子正在旁边野餐。

一锹锹的黄土从墓坑里被扔上来，孩子们则蹲伏在墓坑边，吃着果酱面包，从很大的杯子里喝着牛奶。掘墓人的妻子，一个相当肥胖的女人，靠着一块墓碑站在那儿，她的围裙则被当做茶桌铺在墓坑边的青草上，上面已经落下了一些土块。"谁要下葬了？"我问道。"是那道森老先生终于过世了吗？""哦，不是！是年轻的罗格斯，那个水手。"那女人凝视着我回答说，"他是两天前的晚上死的，死于某种外国的热病。你难道没听到他妻子的声音？她冲到路上大声地哭喊……嘿，汤米，你身上全是土啦！"

这是一幅什么样的画作啊！

钓　鱼

有一条中国谚语，说的是渔父的心灵之纯真无瑕，"恰如白色的海贝"。然而还有一首日本诗歌，虽然只有四行，可对政治家内心世界的描述是如此地逼真，又是那般毫无讳饰，以至使人都难以启齿。可能就是由于这个矛盾，使希尔斯少校——出版商说他"担任过三十年的众议员……在漫长的政治生涯中，一直忠于他最喜爱的这项娱乐——的著述具有一种冲突感，并且在读者的心中引发了对于鱼和人的困惑。"

所有的书籍都依赖于文字，但它们多半是些煽动激励思想的文字。而这本书却正好相反，虽然也离不了文字，却对身体有一种奇异的效果。它从椅子上抬起身体，使其站立到河岸边，悄悄地进行着这一切。河水湍急地流逝着，一个声音在号令："伫立勿动……抛垂下鱼钩再稍稍横过来……把线撒出去……让线轮松开转……绝不要拉……别急着去提……"可是这紧张度是太高了，而兴奋感也太强了。我们拉了渔竿——我们提起了渔线，而鱼儿已逃得无影无踪。"下次等得再久些，"这声音说，"等得久些再久些。"

如果写作艺术就是把一个蛋放进读者的心灵，而从中则蹦出事物自身——不管是人或是鱼——如果这种艺术需要它的开业者具有极大的热忱，以至他们会为这种追求轻易地放弃他们那美好的春之晨曲，就像福楼拜，那么希尔斯少校——曾在众议院消磨了三十个年头——能玩弄这把戏的事怎么会发生呢？有时在早春的黎明，大约清晨四时，他就起床了。但不是去拨弄字眼儿，而是冲向河流——"优雅的河流，有着繁茂的树木，翠绿的堤岸，深玫瑰色的砂岩巨石，水晶似的奔腾之水。"在那儿，他拿着渔竿伫立着，在那儿也伫立着我们。

看看钓竿吧，它是从卡里斯尔的斯特朗买来的，花了一英镑。"它包括一整枝竹子，顶部插接着矛状木尖……我以前从未拥有一支能更轻灵地抛掷鱼钩和渔线的渔竿。"它不是一根钓鱼竿，它是一件工具，比一只波斯壶更漂亮，比情人更惹人相思。"……一个朋友折断了它……我再未能获得另一根像它那样的……我悲痛欲绝，因为竹子无法修复。"还有能更刺人肺腑的死亡或灾难吗？可是这不是多愁善感的时候，那边，在堤岸下的深水中，静卧着老成的雄性大马哈鱼。它会吞食什么假鱼饵呢？缀着紫罗兰色丝绸的灰色火鸡肉（实际上像副主教）是它第一个目标吗？渔线抛了出去，它漂流过去，垂下去定住了。然后呢？"……那鱼是彻底地发狂了，绕线轮已来不及放线……轧住线，弄断了我的缠线接头。这一切都发生在数秒钟之内……。"不过它们是具有超常强度的秒时，单独存在于"一个激情的世界里，与周围的一切毫无关联。"当我们抬起头时，考尔贝的人行道已经改变了。"树木长出了透亮的嫩叶，其中有一些是金黄色的。野樱桃树上覆盖着吹来的白雪，而地面上则长满狗尾巴草，看上去仿佛新近刚洗刷过……我感到心怀在向每一种景象、每一种色彩和每一种声音敞开着，宛如我正穿行在一个刚揭去面纱的世界中。"

是否从树木上撩去其纱幔是钓鱼的必要条件？——我们意识的心灵甚至会无意识地竭力往上跳，去揭除其纱幔。如果暴露现实将成为诗人，是否如济慈先生在某天说的，我们已没有伟大的诗人了？因为自从大战以后，农夫就被禁止钓鱼或者用网拦住水面，而有害之物则乘机萌生。俱乐部那令人哀伤的惯例——以滑稽可笑的限制来束缚渔父并以暗中的奢华来纵容他们——是否在难以言喻地禁锢我们的诗人的风格？而小说家，如果今天在英国我们已没有一个小说家的身高能达到华尔特爵士的背心的第三颗纽扣，或者查尔斯·狄更斯的表链，或者乔治·艾略特小手指上的戒指，难道不是因了贡布兰[①]

[①] 贡布兰为新英格兰的一个郡。

的偷鱼者在逐渐消失吗？"他们是一个有趣的族类，充满罕见的幽默，喜欢谈天说地……我们常在堤岸上瞎聊，而他们则会相当坦白地告诉我他们的成功。"可是现在，"那些充满古老野趣的日子结束了。"偷鱼者已一去不复返。他们现在为饭店捕捉无以计数的鳟鱼，一股商业味儿。从小说中放逐了所有偷猎者的聊天、方言土语、司各特的对话，客栈老板，狄更斯和乔治·艾略特的农夫以后，还有什么留下来呢？肮脏发霉的天鹅绒，虫蠹过的貂皮，红木桌子以及一只塞得鼓鼓的家禽。怪不得，自从偷猎者消失后，小说就在衰落……"但是这不是在捕鳟鱼，"那声音在说，"不要再闲荡了……再开始钓鱼吧，别再耽误了。"

这是一个很糟糕的日子，太阳已入中天，鳟鱼也不再觅食。我们一次又一次地失败了。然而钓鱼给予的教诲是一种苛刻的道德教条，钓鱼反复灌输的是一种无悔的真诚。过错可能在于我们自己，"为什么我在拉竿时一再失手？……如果我在抛钩时更加细致精确些，如果我钓得再好些，难道就不可以有不同的结果吗？而这回答则是——不错！……我对着阳光所以才脱了钩……我愚蠢到不肯悔改才失败。"我们深深地沉浸在思虑和悔恨的世界中。"矛盾就在激情之下。我们并非由理性控制，我们所遵循的是一种不同的规律而承认它的权威……"外部世界的声音穿过河水的咆哮声传来。野蛮的原始人已经侵入了伊甸园和德里费尔德贝克的上流，不过这些野蛮人只是些快活的茴鱼。而划分人类种族的最深层差异只是个鱼饵的问题——是用蛆虫钓鱼呢还是不用。有的民族会采用蛆虫，而对另一些民族来说，仅仅想到它就说不出的令人厌恶。

然而夏日的白昼在消逝，夜降临了——北方的夜并不黑暗，因为还有着光线，只是披上了一层夜之轻纱。"贡布兰的夜值得深藏于心中"，而鳟鱼——因为鳟鱼是"古怪的造化之物"——贡布兰的鳟鱼是深更半夜才会去寻觅吃食。让我们再次去那堤岸吧。河流的吼声比之白天更为震耳。"当我走下去时，我听到了它各种各样的韵律，而在阳光下它则被遮掩掉了。它一会儿是深沉的，一会儿是喧闹的，然后在茂密的山毛榉树挡住河边的地方，它降低成了喃喃的耳语……盛花之树早就失去了它们的花容月貌，但是当来到一处丁香花灌木丛时，我突然迈入了它的芳香之中，浑身浸润犹如在沐浴之中。我在路上坐了下来，伸展开双腿，躺卧下去。我找到一簇青草作枕头，把那柔软的沙子当床垫，睡着了。"

当渔父在沉沉睡眠时，我们大概是在阅读——可是在我们通过文字看到了书页底部那考尔贝的树木与鳟鱼时，这算是一种什么阅读啊？——很想知道的是，这渔父梦见了什么？是那些奔腾而过的河流吗？——伊甸河，泰斯特河，肯尼特河，每条河都迥然相异，每一条河都游动着众多朦胧的鱼，而每一条鱼也都各不相同：鳟鱼阴险狡猾，鲑鱼机灵精怪。每条鱼都有它的神经，它的大脑，它的——我们几乎无所知的——智力，我们神秘地能预测的游动——因为正如突然之间，希腊人和拉丁人在刹那间给自己分了类别，我们也如此地了解了鱼的心灵。或者他梦见了暴风雪中荒凉的苏格兰山陵、那暗淡下去的青草不再低头哈腰而是挺身而立时岩石后一块块无风的飞地、那在云层上的视野——二十只疣鼻天鹅毫无畏惧地漂游在湖面上，"因为它们来自某个从未见过人类的所在"——吗？或者他是梦到了满脸胡须、饱经风霜的偷鱼者，边喝酒边谈论《创世纪》第一卷的安德鲁·朗，在饭后衣服纽扣"就像秋天的金雀花荚果不断爆开"的F.S.奥利弗，"从未见过慷慨大方的野兽"的猎手斯派罗，伟大的阿瑟·伍德和他所有的蜜蜂吗？或者他是梦见了他的幽魂如果再次降临地球将会重访的所在：兰姆斯堡、海黑德、贾拉岛吧？

就他所做的梦，"我总是，即使到了现在，梦见我震惊了世界。杰出惊人的成功……是总理的职位吗？不对，这个胜利，这个杰出的成功并不涉及人，而是涉及鱼，涉及那根漂浮着的渔线。""我相信它终会实现……"可就在这时他醒了过来,"伴随着的是一种在露天里睡眠常会产生的幸福感。时值午夜,月黑天清,我走到平坦的岩石边缘……",鳟鱼正在寻觅吃食。

老格莱夫人

现在，即使在英国，也有着这样的瞬间，那时，甚至是最为忙碌和最为心满意足者，也会突然放掉手中拿着的东西——也许是这星期的换洗物。床单和睡袍都在他们的手里被揉碎和化解了，因为，虽然他们没有以话语来表达这一点，可把换洗物送到皮尔夫人那儿去似乎是愚不可及的：在田野和山丘，并没有洗涤剂，没有夹成一排排的衣服，没有甩干和熨烫，完完全全没有工作，唯有无限的休息。这是一种一尘不染、无止无休的休息。空间无边无沿，青草未曾遭人践踏，野鸟四处飞翔，有着往上延伸的草坪的山丘则在延续着那种不驯顺的腾飞。

然而，在所有这一切中，从格莱夫人的角落里仅能够看到七乘四英尺那么大一块地方。那是她前门空地的尺寸，虽然壁炉中还烧着一堆火，前门却是四敞八开。那堆火看上去就像一小块灰蒙蒙的光斑，无力地试图从倾注进来的阳光那令人困扰的压力中脱逃出来。

格莱夫人坐在角落里的一张硬椅上，看着——可是看着什么呢？显然什么也没有看。当访问者进来时，她眼睛的焦点并未改变。她的眼睛早已不再能聚焦了，也许是它们丧失了这种能力。那是一双饱经风霜的眼睛，蓝蓝的眼珠，没戴眼镜。它们能看，但是却没在看着什么。她从未曾把她的眼睛用于除了人脸、碗碟和田野以外的任何微小或难以辨识的东西。现在，在九十二岁的高龄，这双眼睛唯一能看到的是一条弯弯曲曲的疼痛蠕动着穿过门口，这疼痛在蠕动时绞扭着她的腿，牵拉着她的身体前后摇摆，犹如牵线木偶一样。她的身体就像晾在铁丝上的湿床单一样裹绕着疼痛，而那铁丝则间歇地被一只残忍而隐形的手抽拉着。她会猛地伸出一条腿，一只手，然后停止了，静静地坐一会儿。

就在这暂时的停滞中，她见到了十岁、二十岁和二十五岁时的自己。她正与十一个兄弟姐妹在农舍里跑进跑出。那条线又抽拉了一下，于是她在椅子里往前扑去。

"都死了，都死了，"她喃喃自语，"我的兄弟和姐妹们、我的丈夫还有我的女儿都离我而去了。可是我却在苟延残喘。每天早晨，我都在祈求上帝让我上路吧。"

早晨展开了一块七乘四英尺的绿色和阳光。飞鸟就像扔掷过来的沙粒一样降落到地面上。那只折磨人的手的另一次抽动使她再次抽搐起来。

"我是一个无知无识的老太婆，我不会读书、写字。

每天早晨，当我爬下楼来时，我念叨着我希望这是夜晚；而每个夜晚，当我爬上床时，我又希望这是白天。我只是一个蠢老婆子，可是我对上帝祈祷着：哦，让我弃世而去吧。我是一个蠢老婆子——我不会读也不会写。"

于是，当那色彩从门口消逝后，她就无法见到此时亮堂起来的另一幕，或者听到那千百年来一直在争论、歌唱和谈话的各种声音。

那抽搐着的肢体再次静止下来。

"医生每个星期都来，不过现在是教区医生了。自从我女儿去了后，我没钱再请尼柯尔斯医生。可他是个好人。他说他奇怪我怎么会没上路，他说我的心脏就只是风和水，此外一无所有。然而我似乎不会死。"

于是我们——人性——坚持着要那身体继续缠绕在铁丝上。我们熄灭了眼睛和耳朵之火，可是却用一瓶药、一杯茶、一堆即将燃尽的火把它囚在了那儿，就像谷仓门上的白嘴鸦一样。当然，那只白嘴鸦，即使用钉子钉在那儿，也仍然是活生生的。

女人的职业

当你们的秘书邀请我来时,她告诉我,你们的团体所关心的是妇女的工作,她建议我可以给你们谈谈我自己的职业经验。我确实是个女人,我也确实在工作。可是我有什么职业经验呢?这是很难说清楚的。我从事的职业是文学,在那一行中,能给予女人的经验比起其他的职业来就更少了——极少,我的意思是说,极少有特别惠及女人的。例外的是戏剧。因为这条道路是许多年以前开辟出来的,动手的有芬尼·伯尔尼[①]、阿弗拉·本[②]、哈利·马提诺[③]、简·奥斯丁、乔治·爱略特。许多著名的女人,以及许多无名的和被忘记的女人,曾在我之前修缮着这条路以使之平坦光滑,并且调整着我的步伐。所以,当我写作时,我的前面只有极少一些物质障碍。写作是一项高尚和无害的职业。家庭中的安宁不会被钢笔的摩擦声破坏,也不必劳动家庭钱袋的大驾。

[①] F.伯尔尼(1752—1840),英国女小说家。
[②] A.本,英国女作家,生卒年不详。
[③] H.马提诺(1802—1876),英国女作家、经济学家。

用十六个便士，人们就可以买来足以写出莎士比亚所有剧作——如果你们有此雄心大略——的纸张。钢琴和模特儿，巴黎、维也纳和柏林，大师和夫人，这一切都非写作者的所需之物。写作所用纸张的便宜，当然了，就是为什么女人在她们于另外职业中取得成功以前，能成为一个成功的作家的原因。

不过要告诉你们我的故事，那可是简简单单的。你们仅需在自己心中想象一下一个在卧室中手上拿笔的姑娘就行了。而她也只需把那支笔从左移到右——从十点钟移到一点钟。然后她想到了去做一件总之很简单，也极便宜的事：把那些字稿中的几张塞到一只信封里，在信封角上贴一个便士的邮票，然后把信封扔进街角的红色邮筒里。就是这样，我成了一个报纸的撰稿人。而我的努力在下一个月的第一天得到了回报（对于我来说，这真是非常令人高兴的一天）：一封编辑写来的、内装有一张一镑十先令六便士支票的信。但是为了向你们说明我是多么无权被称为一个职业女性，对于那职业生涯的困难与奋争是多么无知，我必须坦白地承认：我并没有把那笔钱花在面包、房租、奶油、鞋袜或肉店的账单上，而是出去买了一只猫——一只美丽的波斯猫，而它立即就把我卷入了与我的邻居的苦涩的争吵中。

难道还有什么要比写文章以及用其稿费买波斯猫更

轻而易举的事吗？但是且安勿躁，文章必得是有关某个事物的。我的文章，我似乎记得，是有关一个有名的男人所写的一部小说的。当我在写这评论时，我发现：如果我打算去评论书籍，我得需要与某个幽灵战斗。这幽灵是个女人，在我开始更加熟悉她后，我就仿照那首著名的诗歌《房间里的天使》中的女主人公来称呼她了。在我写作评论时，她经常出现在我和我的稿纸之间，她打搅我，浪费我的时间。她如此厉害地折磨我以致到最后我杀死了她。你们中属于较年轻和更幸福的一代可能根本就没听说过她，你们也可能不知道我提及《房间里的天使》的用意。我会尽可能简短地把她描述一下。她具有强烈的同情心，具有非常的魅力，绝对地无私。她擅长于家庭生活中的那种困难的艺术。每一天她都在作出牺牲。如果餐桌上有一只鸡，她拿的是脚；如果屋里有穿堂风，她就坐在那儿挡着。总之，她就是这样一个人，没有她自己的愿望，从没想到过自己。更重要的是——我无须多说——她极其纯洁。她的纯洁被看作是她主要的美——她的羞涩、她的无比的优雅。在那些日子里——维多利亚女王的最后时期——每一幢房子都有她的天使。当我要写作时，我在最初的一个字眼里就碰上了她。她翅膀的影子落在我的书上，我能听到房间里她裙子的拖曳声。也就是说，一等我把笔拿在手上，去评说那部由一个有名的男人写的小说，她款步来到我身后，轻轻地耳语道："我亲爱的，你是个年轻的女人，你是在评写一部由一个男人写的书。请多点儿同情心，温柔些，哪怕谄媚和欺骗也罢，要用上你们女性所有的技巧和诡计。千万别让人猜测出你有一颗自己的心灵。而更重要的是，要纯洁。"她似乎要引导我的笔端。我现在所记叙的是一个我把它归功于己的行为，虽然这功绩正确地说该是属于我的某个杰出的祖先，他给我留下了一定数量的金钱——可否说是每年五百镑呢？——这样，我就无须为了我的生活只能去依赖我容貌的魅力了。我转而攻击她，抓住她的喉咙，尽我全力去杀死她。我的借口，如果我将被押到法庭上，就是我是在进行自我防卫。如果我不杀她，她就会杀死我，她就会挖出我那写作的心脏。因为，就如我发现的，一旦我把笔端触到纸上，如果没有自己的思想，没有去表现你认为是人类关系、道德及性的真谛那些东西，你就无法去评论哪怕是一部小说。而所有这些问题，按照那房间天使的看法，不能由女人百无禁忌地和公开地进行阐释回答。她们必须妩媚可爱，必须能讨人欢心，必须——说得粗鲁些，说谎，如果她想成功的话。所以，不管什么时候，当我感到我的书页上有了她翅膀的阴影或者她的光晕，我就会拿起墨水瓶向着她扔去。她死得很艰难，她那虚构的性质对她有着极大的帮助。要杀死一个幽灵远比杀死一个真人更为困难。在我认为我已经处死了她后,她总是又悄悄地溜了回来。虽然我奉承自己在最终总算杀死了她,但是这搏斗却是剧烈的,花费了大量的时间。这时间本来最好还是花在学习希腊语语法,或者花在漫游世界寻求冒险上。但这是一种真实的体验,一种必定要降临在那个时代的女性作家身上的体验。杀死这房间里的天使是一个女作家的一部分工作。

不过再继续我的故事吧。那天使是死了。那么留下来了些什么呢?你们可能会说,留下来的是一个简单而平常的客体——一个在卧室中拿着墨水瓶的年轻女人。换句话说,既然她已经摆脱了虚伪,那个年轻女人就只能是她自己了。可什么是"她自己"呢?我的意思是,什么是一个女人?我向你们保证,我不知道。我不相信你们会知道,我也不相信任何人能够知道,除非她在所有有赖于人类技能的职业和学科中都表现了她自己。那确实也就是我为什么来到这儿的理由之一——出于对你们的尊敬:是你们,正在以自己的实验向世人显示什么是女人;是你们,正在用你们的失败和成功向世人提供极其重要的信息。

还是回到我的职业经验的故事上来吧。我靠我的第一篇评论挣得了一镑十先令六便士,然后用这收益买了一只波斯猫。而后我就变得野心勃勃了。一只波斯猫确实不错，我对自己说，但是一只波斯猫远远不够，我还必须有一辆汽车。就是这样，我成了一位小说家——因为这真是一件非常奇异的事情：如果你给人们讲一个故事，他们就会给你一辆汽车。而更奇异的事是：在这世界上再没有什么像讲故事那样令人高兴了，它比写名著的评论更使人愉悦。然而，如果我准备听从你们的秘书，告诉你们我作为一个小说家的职业经验，我必须给你们讲一种我作为小说家所遭遇的非常奇特的经验。为了能理解它，你们必须首先尝试着去想象一个小说家的心灵状态。如果我说一个小说家的首要愿望是做到尽可能的无意识，我希望我并不是在泄露职业秘密。他必须在其内心诱导出一种始终无动于衷的状态，他要求生活以最大的宁静有条不紊地流逝着。当他在写作时，他要求看到同样的面孔，阅读同样的书，做同样的事，一天接一天，一个月接一个月，这样，就没有任何东西会破坏他生活于其中的幻觉了——就没有任何东西会打扰或搅动那非常地害羞和惑人的精灵——想象——那种神秘地到处嗅闻、四处摸索、投掷、猛撞以及突然的发现了。我怀疑这种心理状态对于男人和女人都是相同的。虽然这样，我还是要求你们想象我正在一种恍惚的状态中写一部小说，要你们想象一个姑娘坐在那儿，手上拿着一支钢笔,这支笔已有许多分钟,实际上还可能是许多小时,未曾浸入墨水瓶中去过。当我想起这姑娘时,我心中浮现出来的形象是一个渔父的形象,他躺在一个深水湖的边缘处,钓竿伸出在水面上,正沉浸于梦想之中。她正在让她的想象毫无阻碍地横扫着那个世界——沉浸于我们无意识存在的深度上的那个世界——的每一块岩石和每一个罅缝。现在经验来了,这种经验我相信在女作家那儿,远比在男作家中更为常见。线顺着姑娘的手指飞跑出去,她的想象也在冲出去,它在寻找池子、深度、最大的鱼打盹的黑暗处,而后传来了一阵撞击声,出现了一次爆炸,出现了泡沫和混乱。那想象撞到了某种硬件上,那姑娘从她的梦想中清醒了过来。实际上,她是处于一种最最敏感和困难的苦恼状态中。不加修饰地说,就是她想起了某些事情,某些不适合于女人的关于肉体、关于情欲的事情。男人,她的理智告诉她,对此准会大吃一惊。对于男人将会如何议论一个说出了她的真实情欲的女人的意识,把她从她艺术家的无意识状态中唤醒了。她无法再写了,那种恍惚出神的状态结束了,她的想象不再能工作了。我相信这是女作家中非常普遍的经验,她们受到了其他性别的那种极端性习俗的妨碍。因为虽然男人聪明地允许他们自己在这些方面有很大的自由,可我怀疑他们是否意识到了,或者能够控制这些他们用以谴责妇女如此自由的极端的严厉性。

这些就是我自己的两种非常真实的体验，也是我职业生涯中的两次冒险。那第一次——杀死房间里的天使——我认为我是解决了，她终于死了。但第二次：真实地说出我自己肉体的体验，我并不认为我已解决了。我也怀疑有任何女人已解决了这个问题。阻碍着她的障碍物仍然非常地强有力——然而它们又是很难以界定的。从表面来看，难道还有什么会比写书更容易的吗？从表面来看，难道会存在什么专门惠顾女人的障碍吗？而在内部，我认为，情况就非常不同了。她仍然有着许多要与之搏斗的鬼魂，许多要加以克服的偏见。无疑这仍将是一个漫长的时期，我想，除非一个女人能坐下来写书而无须去屠杀一个幽灵，去撞碎一块岩石。如果在文学——所有女人的职业中最为自由者——中情况是如此，那在你们将第一次涉足的新职业中，情况又会怎样呢？

如果我有时间，这些问题就是我想询问你们的。而且说真的，如果我强调了我的那些职业体验，那是因为我相信它们也是——虽然会以不同的形式出现——你们的问题。即使那条道路是令人满意地敞开着——在那儿没有任何东西会阻止一个女人成为医生、律师或市政官员——那儿仍然有着许多的幽灵和障碍时隐时现，就如我相信那样。讨论和界定它们，我认为是具有极大的价值和重要性的。因为只有如此，那种努力才不会落空，那种难题才能解决。但是除了这个以外，也需要讨论一下那些我们为之奋斗，为之与那可怕的障碍进行着战斗的结局和目的。这些目的不应该是理所当然的，而必须是始终被询问和查证的。这整个状况——就如我所见到的：在这个大厅中，周围都是人类历史上第一次从事着各种各样职业的女性——是极其重要和令人感兴趣的。你们已经在那幢此前无一例外地由男人占据着的房子里赢得了自己的房间，你们能够——虽然得花费巨大的辛劳和努力——支付房租。你们正在挣着自己的每年五百镑的钱。但是这自由还仅仅是个开始，房间是属于你们的了，但它仍是空无一物，必须布置家具，必须进行装饰，也必须与人共享。你们将怎样布置它？怎样装饰它？与谁共享？又有什么条件呢？这些，我认为都是些极其重要和有趣的问题。因为在历史上这是第一次你们能够提出这些问题，是第一次你们能够自己决定答案是什么。我很愿意留下来讨论这些问题和答案，但是今晚不行，我的时间已经到了，所以我必须停止了。

笑 气

或许我们并无必要去细致地描述这种情形，因为难得有人未曾在此时或彼时在笑气麻醉下拔过牙。牙科医生穿着他那长长的白大褂站在那儿，极其洁净而又超然物外。他让人不要把腿交叉架着，又在脸颊下稍作安排。然后麻醉师进来了，带着他的包，犹如牙科医生一样洁净和超然物外，只是皮肤黝黑的程度不亚于前者白净的程度。两人似乎都穿着军服，属于人性的某种单独的序列，某种第三性。通常的习俗失效了，因为在日常生活中，人们不会在与一个不熟悉的人握手后，立即就张开他的嘴巴，露出一口烂牙。与这第三性者的关系是冷酷、严肃而且毫无色彩的，然而却又是富于人情味和高尚的。这些人料理的是人类灵魂的装载与卸载。他们站在生与死的分界线上，用经过消毒处理的、洁净而无动于衷的双手把灵魂从此传送到彼。好吧，我就把自己交给你主宰，某人说，放下架着的腿，听你的命令，停止从口腔呼吸，改由鼻子呼吸，深深地呼吸，平静地呼吸。你这一切保证是一个分别的招呼，是来自主持这装载仪式的官员口中的一声再见。不久，人们就会陷于昏迷状态之中了。

　　伴随着每一次呼吸，人们吸入了混沌，吸入了黑暗，坠落着，扩散着，仿佛一片坠落着的烟云；也像开航出海，随着每一次呼吸，人们离海岸越来越远，劈开某种不熟悉的硫黄色的黑暗的热浪。在这种黑暗中，人们无依无靠地搏击着，伴随着的唯有那以往记忆的奇特的遗物，它们延长、伸展出去，似乎在拙劣地模仿着那个人们携之而来的世界，人们也试图通过它们继续保持与那个世界的联系，而身躯则如在商品展览会上制作曲线形玻璃一样，似乎在逐渐变细，然后又膨胀开来。当我们离开海岸，越来越深地陷入海中时，我们好像被某物吸附而紧随着它快速地飞行着，老是消失的黑色物体——就在我们前面迅捷地被吸拉出来。我们开始意识到了某种在另一个世界永远不可能看到的事物，某种我们被派出来搜寻的东西。所有那些以往毫无疑问的事物都被抹杀和消解，因为与这相比，它们都是无足轻重的，就像揉皱的扔在一起的旧衣服；因为人们为了这追逐、这追求，需要一丝不挂，我们所有那些精心培养起来的信念、肯定的事物以及爱情都变得和这一样了。我们在云层低垂的黑黑的空中疾驰着，飞行在这真理的尾迹上方；如果能把握住这真理，我们将永远不会迷失方向。我们飞掠得越来越快,整个世界都已变成了螺旋形,犹如我们周围都是轮圈一样,它压得越来越近,似乎在用其压力强迫我们穿过中央的一个孔洞。那孔洞非常狭小,穿过它会伤害我们,但它仍用其顶部的压力挤推着我们穿过那孔洞。我们真的似乎要在那上层世界和下层世界中被压碎了。突然之间,压力减小了,整个的孔眼都宽大起来。我们通过了一个喉峡之处,出现在日光之中,看到了一只玻璃盘子,并且听到一个声音在说:"漱漱嘴,漱漱嘴。"与此同时,温暖而细小的血流从双唇中淌了出来。于是我们被牙医收了回来,而那在我们前面被飞速地拉走的真理则一去不返、消失了。

这是一种极其普通的经验,每个人都经历过。不过它似乎解释了人们在三等火车厢里频频观察到的某种事物。因为当人们俯看着那又长又窄、许许多多各不相同的人面对面坐在一起的车厢时,绝不可能不提出一些问题来。人们沉思地看着一个三岁的小孩:如果他们自己当初一开始就像他这样,那么把他们搞成现在这模样的过程又是什么呢?人们又看着一个带着公文箱的肥胖的老头,或者看着一个穿着臃肿的红脸老妇:是什么造成了这种特别的变换?是什么样的所闻所见,什么样的经验造成的?因为除了一些极为罕见的事例,六十或七十个年头的经历，仿佛给予了那光滑滋润的粉脸极其可怕的惩罚，传送了某种很奇异的信息，所以不管老人的特征如何不同，他们的眼睛总是有着同样的表情。

那么，这条信息是什么呢？人们要问了。有可能是所有这些人都曾被麻醉过几次吗？慢慢地他们被迫认识到眼前所发生的一切几乎就没有什么真义。他们知道自己能摆脱掉其中的一小部分，然后就能看到别的事物，更为重要的是，或许还在水中被牵拉着。但是他们中几乎无人知道，他或她是否希望摆脱眼前之物。他们就坐在那儿：管子工带着他的铅灰色卷管，老头带着他的公文箱，那个中产阶级的老妇带着她从西尔弗利杰携来的包裹，经常无意识地反复思考着那个问题；与另一世界相比，在这个世界上是否有着什么意义？那穿水而入的真理究竟是什么？可是在能够捕捉住它以前，他们就苏醒了过来。另一个世界消失了。或许是为了忘掉它，遮盖它，他们去了小酒店，去了牛津街并买了一顶帽子。当人们俯视着三等车厢时，他们看出了所有超过二十岁的男人和女人都曾经常接受笑气的麻醉。就是它，比其他任何东西都更有力地改变了脸部的表情。一张未曾变换的脸看上去几乎像白痴。但是，当然了，也有很少几张脸看上去似乎已捕捉住了那穿水而入的东西。

论生病

　　生病是如此司空见惯，而它所带来的精神变化是如此巨大，当健康之光降临时所泄露的尚未被发现的领地又是如此令人惊讶：流感的一次轻微的攻击却使人看到了灵魂中的荒野和沙漠，热度的些微升高所揭示的竟是点缀着鲜艳的花朵的草坪和峭壁，病怏怏的行为在我们心中连根拔起的居然是那古老而执拗的橡树，在我们去拔牙齿，又在牙医的扶手椅上清醒过来，却把他"漱漱嘴——漱漱嘴"的声音与上帝从天堂的地面俯身欢迎我们的问候声混淆起来时，我们竟是如此的沉溺于死亡之池中，感觉到湮灭之水就在我们的头顶上边，可唤醒思维却发现自己是在天使和竖琴师[①]的面前——当我们想起这些，就像我们经常被迫去想及它们时，发现生病没能在文学的基本主题中与爱情、战争以及妒忌一样占据一席之地，就变得确实有些奇怪了。人们原来还以为，小说本该奉献给流感，史诗该忠实于伤寒，颂歌应献身给

---

① 伍尔芙在此用天使和竖琴师隐喻牙科医生。

肺炎,抒情诗则须尽心于牙痛。然而,不对,除了少数几个例外——德·昆西①在《吸鸦片者》中曾有过诸如此类的企图。在普鲁斯特的一二卷作品中,也肯定散见着关于疾病的文字——文学尽其最大努力所强调的是:它关注的是心灵,而躯体则是一片白玻璃,通过它能直接而清楚地看到心灵,除了诸如愿望和贪心等一两个欲求外,它是毫无价值、微不足道和不存在的。恰恰相反,这种说法的对立面才是真实的。所有的白天、所有的夜晚,躯体都在干预插手:迟钝或敏锐,上色或去色,在六月的暖和中变成软蜡,在二月的阴暗中凝成硬脂。那里面的心灵只能透过这玻璃——污迹斑斑的或者玫瑰色的——注视外面。它不能像一把刀的刀鞘或者一颗豆子的豆荚一样,一刹那间就与躯体分离开来。它必须经历那整个没完没了的变化过程:热与冷、舒服与难受、饥饿与满足、健康与生病,直到最终那不可避免的灾难降临,躯体把自己瓦解成了碎片,而灵魂(据说是这样)则逃逸走了。但是有关这躯体的所有这些日常戏剧并无记录可供参考,故而人们总是描写心灵的所作所为,描写映现出来的思想,它那高尚的计划打算,以及心灵是如何造成了这个星球的文明的。他们在哲人的塔楼里展

---

① 德·昆西(1785—1859),英国散文作家,以文辞华美著称。

现心灵而无视躯体的存在，或者在追逐征服与发现中，像踢破旧的足球一样，把躯体踢得横飞过数十公里的雪原与沙漠。躯体（心灵则紧随于后）在孤独的卧室里对抗高烧的攻击和忧郁症的迎面扑来的伟大的战争则遭到了忽略。这理由并不难寻找。要面对面地正视这些事需要有驯狮者的勇气、富于生气的人生观、植根于地球之碗中的理智。缺乏这些，这怪物、这躯体、这奇迹、它的疼痛很快就会使我们渐渐沦于神秘主义，或者随着翅翼的快速扑击，升腾到超验的狂喜之中。公众会说，一部献身于流感的小说缺乏情节，他们会抱怨其中没有爱情——不过这是说错了，因为疾病经常穿着爱情的伪装，玩弄着同样奇特的把戏。它赋予某些面孔以神奇的力量，使我们一个小时接一个小时地竖起耳朵，等待着那楼梯的嘎吱声，并且用一重新的意义装点着那心不在焉者的脸（在健康上是够清楚的了，真的）。与此同时，心灵编造出了千百个有关它们的传说和传奇故事，而它对之是既无时间，也无健康方面的爱好。最后，阻碍在文学中描写疾病的还有语言的贫乏。英语能够表达哈姆雷特的思想和李尔王的悲剧，但没有用于颤抖和头痛的词语。最为单纯的女学生在陷入热恋时，有莎士比亚和济慈为她表述衷情。可是让一个病人试着向医生描述他的头疼，其语言立即就变得干巴巴了。并无任何现成的东西等待着他,他被迫自己去铸炼词语,用一只手拿着他的疼痛,另一只手拿着一团纯粹的声音——也许就像巴比尔城①的人们最初做的一样,就这样把它们挤揉在一起,而一个全新的措词则从手底部掉了出来。可能这是可笑的事,因为英裔公民中有谁能对这种语言随意放肆呢?对于我们来说,这是神圣之物,因此注定要死亡,除非美国人——其风气是更乐于创造新词而不是处理旧词——来帮助我们,并使这泉水涌流。不过我们需要的不仅仅是一种更为粗野、更为肉感、更为淫猥的新的语言,而是激情的一种新的等级。爱情必须下台以支持那一百零四度的高烧,妒忌要让位给坐骨的剧痛,失眠扮演的是恶棍的角色,英雄则变成了一种带甜味的白色液体——那有着飞蛾眼睛和羽毛脚的伟大王子,他其中的一个名字是三氧乙醛。②

　　现在再回到病人这儿。"我感冒在床"——可那传达了什么样的伟大经验,而这世界又是怎样地改变了它的形状呢。办公用具已遥不可及;节日的喧闹声变得像隔着广阔的田野所听到的旋转木马声一样富于诗意;朋友们也变了,一些呈现出一种陌生的美,而另一些则恶形

---

① 西奈地区的一座古城名。传说的建通天塔和人类语言的混淆就发生在那儿。
② 一种消炎止咳的药水。

恶状犹如蹲伏着的蟾蜍。与此同时,生活的整个风景线遥远而清楚地展现着,宛如从远远的海上眺望所看到的海岸一样,而他则一会儿被抬高到峰巅之上,无需任何人或神的援手;一会儿则是懒懒散散地匍匐在地上,高兴地承受着女佣的脚踢。这种经验无法传授,而且,正如在这种沉默无声的事物中常发生的,他自己所受的折磨只是有助于唤起他朋友心中对于他们的流感、他们的疼痛的记忆,那去年二月的难受是忍着泪坚持过来了,而现在则可因了同情心神圣的表达而大声地、绝望地、喧闹地大哭一场。

然而我们不能有同情心,最明智的命运之神如此说道。作为命运之神的儿女,人们已经被悲哀压得喘不过气来了,如果还要肩负起同情心这个重担,在想象中把别人的痛苦再加到自己身上,那么,不再会有新的建筑物矗立起来,马路也会变成杂草丛生的小径,音乐与绘画也将销声匿迹,独有一声长叹将直冲霄汉,而男男女女的唯一姿态将是恐怖和失望。但事实上,总是有着某个小小的消遣的——医院角落里的一个手风琴演奏者,人们去监狱或感化院时路过的、引诱人们进去的书籍或小玩意儿的商店,某些阻止着人们把那老乞丐悲惨的符号改写成可怜的苦难书卷的猫狗的蠢行。于是,同情心的巨大努力——那些疼痛和惩戒的兵营、那些悔恨的干瘪符号都在要求我们代表它们去行使这份同情心——挺不自在地、慢吞吞地移步去等待另一个机会了。当前同情心的主要施舍对象是落伍者和失败者,其中女人又占了绝大部分(这中间,那陈腐的东西与无政府的或新的东西是如此奇怪地共存一处)。她们在退出了竞争以后,有时间可花在异想天开的和无利可言的胡言乱语上。譬如说,C.L.这人,坐在病房里发出难闻气味的火炉旁,逐渐地在用话堆砌着(稍一接荏就会使之精神抖擞,想象丰富)保育室的挡板、面包、灯具、街上的管风琴,以及所有那些单纯的老太太的围裙和恶作剧的故事;那鲁莽性急而又心地高尚的A.R.,如果你想象能有一只乌龟来安慰你或一把拨琴来取乐,她准会搜遍伦敦的市场,不管怎样也要搞到手,用纸包好,在日落之前送到你手里;那个轻浮的K.T.,穿着华丽,涂脂抹粉(这也花费时间),仿佛是要去出席国王和王后的宴会,会把她全部的明艳光彩都用到那阴郁的病房里,用她的闲话和模仿让那些药瓶叮当乱响,让炉火的火舌往上直蹿。不过这样的愚蠢行为已是昨日黄花了,文明指着的是一个不同的目标。那么,等待着乌龟和拨琴的又将是个什么去处呢?

在生病时——让我们坦白出来吧(疾病是大忏悔),会有一种孩子似的直率。事情一一说遍,真相脱口而出,而健康与小心的上等人对此本是讳莫如深的。以同情心为例——当然换个例子我们也能达到目的,那个世界是如此形成的幻觉:每一声呻吟都有回音;共同的需求和恐惧把人类捆绑在一起,以致一只手腕上的抽痛会使另一只手痉挛;不管你的经历是多么的奇特,别人也已涉足过;不管你在自己的心灵中漫游多远,总有人在你之前已捷足先登——也就是幻觉而已。我们并不清楚自己的心灵,更不用说别人的灵魂了。人类并不会手拉手地共步人生之路。每个人的内心都有一片原始森林,一片甚至连飞鸟的足迹都是闻所未闻的雪原。在那儿我们独往独来,而且但愿如此。老是被人同情、被人陪伴、被人理解将会使人难以忍受。但是在身体健康时,那温情的伪装还是必须保持的,那努力也该恢复——去沟通、教化、分享、灌溉那片沙漠,教育那些土著,白天一起工作,晚上一起娱乐。而在生病时,这种虚假中止了。我们直截了当地要求上床,或者深深地陷于这把椅子上的坐垫中,在另一把椅子上则把我们的脚抬高一英寸。我们不再是正直的大军中的士兵了,而是成了逃兵。他们行军去战斗,我们则与河流上的棍棒一起漂流着,与草坪上的枯叶一起漫天飞舞,既不承担责任,也漠不关心,或许是多年来第一次能够四处看看,抬头望望——譬如说望望天空。

那非同寻常的景象的第一印象却很奇怪的是获胜感。普通的看天，不管时间长短，都是不可能的。行人会被在公共场所中的观天者堵住并感到为难。而我们从中获得的一片天也被烟囱和教堂肢解分体，给人作为背景加以利用：表明是雨天或晴天，把窗户涂抹成金色，给树枝灌注汁液，完成秋天的广场上那散乱无序的树的感伤之曲。而现在，斜依在那儿，往上直视，会发现天空与往昔是如此的不同，以致真的感觉到有些吃惊。这一切居然在我们不知不觉中一直延续着！——这形状的频频变换和消失，云朵的冲聚以及从北向南牵拉着巨大的"船"与"车"的行列，光影之幕的不断地拉起与放下，金色竖井与蓝色阴影，遮住与露出太阳，造成岩块壁垒和飘吹走它们的无限的实验——这没完没了的活动，伴随着那老天才知道有多少万匹马力的能量浪费，一年一年地在用于达成自己的意愿。说真的，这个事实似乎在召唤着评议以及谴责。难道不该有人为此写信给《泰晤士报》吗？应该发掘它的用处。人们不该让这巨型的影片一年四季都在空旷无人的房子里上映。但是观望得稍长一会儿，另一种感情就会淹没公民热情的骚动。它非凡地美丽，可也极其地无情无义。无数的资源被用于某些与人类的快乐与利益截然无关的目的。如果我们全都斜躺着，全身僵硬，天空依然会进行它那金色和蓝色的实验。或许在那时,如果我们低头看看某种近在身边,细小而熟悉的东西,倒还会发现同情的表示。不妨在玫瑰上验证一下。我们经常看到它在花瓶里争艳怒放,经常把它的含苞欲放与美人联系在一起,以致到后来都忘掉了它是如何静静地、稳稳地,整一个下午都还矗立在泥土上。它维持着一种绝对地尊贵与镇静的举止,而花瓣的弥漫色泽则具有一种无与伦比的正直感。现在或许有一片花瓣胸有成竹地飘落下来,继而所有的花——那妖娆的紫色花、奶油色的花(在其蜡质的花瓣上,轻佻的情人曾留下过樱桃汁的漩涡)、唐菖蒲、大丽花、百合花、僧侣花、牧师花、染成杏黄色与琥珀色的整洁的纸花——全都向着微风轻柔地低下了头,唯一的例外是那沉甸甸的向日葵,它在中午时分向着太阳点头招呼,可能在午夜却冷漠地拒绝了月亮。它们挺立在那儿,而人类正是与这些所有的事物中最为寂静、最为自矜的东西结成了伙伴:用这些花来象征他们的激情、装点他们的节日、安置在(宛如它们知道悲伤似的)死者的枕头上。提起来还真够奇妙的:诗人在大自然中发现了宗教,住在乡村里的人们从植物中学得善良。是它们的漠然和无动于衷令人感到慰藉。那片人类未涉足过的心灵的雪原,有的只是云朵的拜谒、落花的亲吻,就如在另一片地区,则有伟大的艺术家,米尔顿们和蒲柏们,他们使人宽慰并不是因为他们想到了我们,而是由于他们的遗忘。

这时,那正直的大军,不管天空是如何的冷漠或花卉是如何的不屑,以蚂蚁或蜜蜂的那种英雄主义精神,又前进去战斗了。琼斯夫人赶上了她的火车,史密斯先生修理着他的汽车,奶牛被驱赶回家挤奶,男人在修缮屋顶,狗在吠叫,从窠里惊起的白嘴乌鸦又降落到榆树顶上的鸟窠里。生活的浪潮在不知疲倦地汹涌向前。只有那病卧者才知道,大自然最终毫不费力要隐匿的是什么,以及在结束时她将征服的是什么。热量将离开这世界,被寒霜冻僵的我们将不再继续在田野中蹒跚,工厂和机器上将结上厚厚的冰层,太阳将熄灭。可即使如此,在整个地球被覆盖起来并变得滑不唧溜时,其表面上的某种起伏波动、某种不规则也将标示出一个古代的花园的界线,在那儿,玫瑰勇敢地仰着脑袋,在星光下怒放争艳,藏红花也如火如荼。然而仍在我们体内的生活之钩使我们还须千方百计地去挣脱,我们无法平静地冻结成玻璃似的一堆东西。即使那病卧者,仅仅想象到脚趾的寒冷就会使他们跳起来,竭尽全力地利用着那宇宙性的希望——天国及不朽。说真的,既然人们这许多世纪以来一直在祈愿,他们也该已把某些希望祈成了现实。将会有某个绿色的小岛(哪怕无法在上面立脚)给心灵提供栖息之所。人类想象的携手合作应该能画出某种坚实的轮廓,然而事情并非如此。人们打开《早晨邮报》,阅读里奇菲尔德的主教论述天堂的文章;人们观望着教徒排队进入那些华丽的教堂——在那儿,即使是碰上最为凄凉的天和位于最为多雨的田野中,教堂的灯火也将在燃烧,钟声在回荡;不管秋叶会如何满地翻滚以及风如何在外面叹息,希望和欲求都会转换成内在的信念和确信不疑。他们看上去安详吗?他们的眼睛是否迸射着绝然深信不疑的光芒?他们中会有人敢于直接跳到天堂的滩头堡上去吗?除了傻瓜以外,没有人会提出这样的问题来。那信徒的小团体迟滞于后,拖拖沓沓,迷入了歧途。母亲老态龙钟,父亲则疲惫倦怠,至于去想象天堂,他们绝无这时间。天堂的建构应该留给诗人的想象去干。没有他们的帮助,我们只会沉陷于琐屑之中——想象着天堂中的佩比斯[①],描述他与名人在百里香花丘上的短暂晤谈,这晤谈很快就降格成说长道短和流言蜚语:诸如我们的朋友被打入了地狱,或同样糟糕地又回到了地球上,挑选——既然选择并无害处——了重复的投胎:一次做男人,一次做女人,或做海船的船长、宫廷夫人、帝王或农夫的妻子,在金碧辉煌的城市中或遥远的荒野

---

① 萨缪尔·佩比斯(1633—1703),英国海军军官和牛奶场主。

中，处于伯利克里[①]或亚瑟王[②]、查理麦格纳[③]或乔治四世[④]的时代——生而复生，直到我们耗尽了那从青春期开始一直伴随着我们的胚胎生命。但是"我"也不会——如果祈祷可以改变它——篡夺天堂；"我"不会谴责怪罪"我们"——这"我们"在此扮演了威廉或者爱丽丝的角色，且永远地停留在这些角色中了，我们的思索如此地世俗，所以我们需要诗人来为我们想象，营造天堂的责任应该由桂冠诗人来承担。

我们所欲求助的，确实也只有诗人。疾病使我们无意于散文所强求的那种漫长的征程。我们无法在一章章的展开过程中，指挥运用我们所有的能力和使我们的理智、我们的判断力和记忆都处于亢奋之中。而且当一个章节就绪后，我们还必须密切注意下一章的降临，直到所有的结构——拱顶、尖塔以及墙垛——都坚实地矗立于它的基础之上。《罗马帝国的衰落与倾覆》并非适合于流感的书籍，《金碗》和《包法利夫人》也不是。另一方面，随着责任的搁置和理性的中止——因为谁会从一个不健全者那儿寻求批评，或从一个卧床不起者那儿获取

[①] 伯利克里（公元前490—公元前429），雅典政治家。
[②] 亚瑟王，古代英国的一个传奇式的国王，圆桌骑士的领袖。
[③] 查理麦格纳，即"伟大的查理"（724—814），法国国王和神圣罗马帝国的君主。
[④] 乔治四世（1762—1830），英国1820—1830年间的国王。

健全的感觉呢？——别的趣味，突然地、间歇地、强烈地表现出来。我们掠夺了诗人的花朵，折断一行或两行，让它们在心灵深处吐艳开放：

> 经常在傍晚
> 羊群逗留于暮色下的草地上。

> 密集的羊群顺山坡游荡
> 护送的是那不甘心的悠悠之风。

或者，在哈代的一首诗或拉布吕艾尔[①]的一个句子中有着对一部完整的三卷本小说的沉思。我们沉浸于兰姆的文学作品中——某些散文作者的作品可以当作诗来阅读——并且找到了这样的句子："我是一个凶残的时间杀手，就是现在我将逐渐地杀死它。可是这条蛇却充满了生机。"而谁将来阐释这种喜悦呢？在生病时，文字似乎拥有了一种神秘的性质。我们抓住了在它们的表层意义之下的东西，本能地猜测出了这个、那个。而其余的——一个声音、色泽、此处一个重音、彼处一个停顿（由于很清楚与观念相比，文字是贫乏的，诗人涂鸦满书

---

① 拉布吕艾尔（1645—1696），法国作家、散文家。

以唤引它们）——在聚合起来后，则是一种既非文字能表达，也非理性能解释的心灵状态。不可理解性在我们生病时具有极其巨大的控制权，或许比那诚实所允许的还更为合理合法。在健康时，是意义在蚕食声音，我们的智力统辖着我们的感觉。可是生病时，随着警察的下班离岗，我们偷偷摸摸地爬到了马拉美①或多恩②的晦涩诗歌下、某些拉丁语或希腊语的警句下、某些发散着气味和香味的词语下。而后，如果我们终于逮住了那意义，它就会显得更醇芳、更入味，因为它就像某种奇特的滋味和气味，是通过颚和鼻最先感觉的。对此语言一窍不通的外国人会比我们处在更有利的地位。中国人对于《安东尼和克里奥帕特拉》③的声音语调，必定比我们更为清楚其奥妙。

　　暴躁鲁莽是生病的一个特征——我们都是些无法无天者——而这种暴躁鲁莽正是我们在读莎士比亚的作品时所需要的。这倒不是因为我们会在读他作品时打瞌睡，而是因为——充分地意识到和完全清楚——他的名声使人害怕以及令人倦怠，而所有那些批评家的全部观点又减弱了我们内心那雷鸣般的深深信服。这种信服，在阅

---

① S.马拉美（1842—1898），法国诗人，象征主义诗派的代表。
② 约翰·多恩（1573—1631），英国诗人、牧师。
③ 莎士比亚的剧作之一。

读这位伟大的作者的作品时,如果是幻觉,那也仍然是一种非常有益的幻觉,一种极其巨大的喜悦,一种相当强烈的刺激。莎士比亚正在被人玷污,一个有心的政府最好禁止人们去写他,就像他们把他的纪念碑建在斯特拉福特以避开那些刻画涂抹的手指一样。在所有这一片批评的嗡嗡声中,人们可以在私下里作出无把握的推断,也可以在书页边上写下自己的随想,可是当知道某人以前已说过,或说得更好时,人们的热情就会消逝得无影无踪。但是疾病却以它那帝王般的庄严崇高,把所有那些都扫荡一空,留下的唯有莎士比亚和他自己。一半是由于他那夸大了的力量,一半是由于我们咄咄逼人的傲气,障碍消除了,难题解开了,头脑里鸣响着和回荡着《李尔王》或者《麦克白斯》,即使是柯勒律治,也像远处的老鼠一样吱吱叫着。

不过,莎士比亚已谈得够多了,让我们转向奥古斯特·黑尔[①]。有人认为,哪怕是疾病也不能保证这些转换是有理由的。他们认为《两个贵族的故事》的作者并不能与波斯威尔[②]相匹敌;而如果我们宣称,除了文学中的极品以外,我们喜欢的就是污糟之作——平庸之作才令人憎恨——我们将什么也得不到。也许就是这样,法则

---

① A.黑尔,英国作家,《两个贵族的故事》一书的作者。
② J.波斯威尔(1740—1795),苏格兰作家。

总是站在正常人的这一边的。但是对于那些体温有些许上升的人来说，黑尔和瓦特福德及坎宁的名字却放射出了慈爱色泽的光线。准确地说，要到最初的百页上下过后，才会出现这种情况。在那些浩繁的卷帙中，我们经常地挣扎奋争着，威胁着要沉陷于一种婶婶叔叔的过剩之中。我们不得不提醒自己：存在着像气氛这样的东西；大师们经常让我们难以忍受地等待着，与此同时，他们则在为我们的心灵准备可能出现的任何东西：惊奇，或缺少惊奇。所以黑尔也是这样花费他的时间的，那种魅力是难以觉察地悄悄迷住我们的。渐渐地我们几乎变成了这家庭中的一员——然而还不完全如此，因为我们对它的奇异感仍全保留着——而且在斯图亚特爵士离开那房间——有一个舞会在举行——再听到的是他在冰岛的消息时，我们也与这家庭一起感到沮丧。聚会，他说，令他感到厌烦（这就是在婚姻以智力诱引了他们心灵那美妙的单一性之前的英国贵族）。聚会使他们感到厌恶，所以他们前去冰岛了。而后贝克福特对城堡类建筑物的疯狂爱好袭击了他。他一心想吊升起一个法国大城堡跨越过英吉利海峡，不惜花费巨大的代价竖起尖顶和高塔以当作佣人的卧室，他还要把它安置在一座行将崩溃的峭壁的边界处，这样一来，女佣人就能看到她们的扫帚掉下索伦海峡漂走，而斯图亚特夫人则非常地烦恼，不过就像她也是出身高贵的夫人们一样,开始在废墟的表层上种植常青植物。与此同时,女儿们,夏洛蒂和露易莎,无比可爱地成长起来,她们手里拿着铅笔,披着云雾似的薄纱,永远地在速写、舞蹈、调情。她们并非十分突出,这是事实,因为那时的生活并不就是夏洛蒂和露易莎的生活,而是众多的家庭、群体的生活。它是一张蛛网、一张渔网,向四面八方铺撒开去,网住了所有的堂兄表妹、受赡养者以及老侍从。婶子们——卡尔顿婶婶,麦克斯布洛弗婶婶,祖母们——格兰妮·斯图亚特,格兰妮·哈德威尔——凑集成合唱队,一起喜不自禁,一起涕泪涟涟,一起参加圣诞之宴,变得老态龙钟而仍然身板笔挺,坐在罩布椅上剪着似乎是彩色纸做成的花朵。夏洛蒂嫁给了坎宁到印度去了;露易莎嫁给了华特福德爵士去了爱尔兰。于是书信开始在慢吞吞的帆船上横跨那巨大的空间,通信变得更为拖拖沓沓和累累赘赘。在那些维多利亚时代早期的日子里,空间和余暇似乎都是永无止境的。信仰失去了,而赫德利维加丝的生活又使它们恢复如初;婶子们感冒了,不过又康复得好好的;堂兄表妹们在婚嫁迎娶;爱尔兰有灾荒饥馑;印度发生了兵变;那两姐妹仍然保持着她们的非凡和不同寻常,不过已是默默无语,悲悲郁郁的,也没有孩子可以继后。露易莎被抛到爱尔兰后,华特福德爵士整天外出狩猎，她经常非常地寂寞孤独，然而仍尽忠职守，探访贫苦者，说着安慰的话（"听到安东尼·汤姆生丧失了心灵，或更确切地说，记忆，我真的很遗憾；不过，如果他的理智还足以使他虔诚地信奉我们的主，那他还是幸福的"），一张张地画着素描。一个晚上就有无数张信纸上涂满了铅笔和墨水的素描画，然后木匠来为她装帧这些画。她还为学校的教室设计壁画，在她的卧室中养绵羊，给猎场看守人盖毯子，大量地作众神家族的油画。到了后来，伟大的瓦茨惊呼：这是个提香的同辈，拉斐尔的师傅！对此，华特福德夫人哈哈大笑（她有着丰富的、温文尔雅的幽默感），说她无非是个素描匠而已，在她的作画生涯中几乎还出过一次大纰漏：她所画的一个天使的翅翼令人丢脸地尚未完成。此外，还有她父亲那始终摇摇欲坠入大海的房子，她必须把它支撑住；她还须保持与朋友的关系，必须用各种各样的善行来充盈她的日子。等到她的爵士狩猎回来——经常是在夜深人静之时——她还会给他那一半浸到汤碗里去的骑士脸孔画素描，膝上搁着素描本坐在他的身旁。而他则将再次像个十字军骑士那样庄严地出发去猎狐，每一次她都会一边挥手告别，一边思忖着，下一次将会如何呢？那个冬天的早晨，情况也是如此，然而他的马失蹄摔倒了，导致了他的死亡。在别人告诉她之前，她就知道了。约翰·莱斯利爵士永远也不会忘记，举行葬礼的那一天他急匆匆地跑下楼去时站着目送那柩车离去的这位伟大的夫人所显示的绝世之美；他也不会忘记，当他返回家时，那凝重的、维多利亚中期风格的、或许是长绒的窗帘，是如何在她极端痛苦的撕抓中全都被揉弄成一团。

空袭中的沉思

昨天晚上和前天晚上，德国人都光临了这座宅子，现在它们又来了。这是一种古怪的体验：躺在黑暗中，倾听着一只大黄蜂的嗡嗡声，而且这只大黄蜂随时都可能会蜇死你。这种声音会打断你对和平的心平气和、延绵不断的沉思，但也会远比祈祷和赞美诗更有力地驱使你去思索和平。除非我们能够把和平"想"成为现实，我们——不是躺在这一张床上的这一具躯体，而是千百万尚待出生的躯体——将会躺在同样的黑暗中，听着头顶同样的死亡之声。山坡上的高射炮正在"噗噗"地射击，探照灯则在云层里摸索，不时地有炸弹扔下来，有时近在咫尺，有时则落得很远很远，此时此刻，不妨让我们思索一下我们能做些什么来创造那唯一有效的空袭掩体。

高高的天空中，英国和德国的年轻人正在互相厮杀。攻击者是男子，防卫者也是男子。英国的女子并没有获得武器，不管是用于保护自己还是用于与敌人战斗。今天晚上，她必须手无寸铁地躺在那儿。然而，如果她相信天上进行着的战斗是英国人保卫自由、德国人毁灭自由之战,那她就必须战斗,尽其所能地站在英国人这一边战斗。然而,没有武器,她的为自由而战能有多少施展之地呢。就是制造武器、军服或者食品吗?当然,还有另外为自由而战的途径且无需武器:我们可以用心灵来战斗。我们可以出谋划策,这些主意将会帮助在天上战斗的英国青年打败敌人。

为了使这些主意产生效力,我们还必须能把它们发射出去,必须把它们付诸行动。天空中的黄蜂唤起了另一只心灵中的黄蜂。今天早晨,《泰晤士报》上有一个嗡嗡声——一个女人的声音在说:"妇女在政治中是无话可说的。"在内阁中没有妇女,在任何责任重大的职位上也没有妇女。所有出主意,并且处在能使其主意产生效果的地位上的人全是男人。这是一种令思维窒息、并且在鼓励不负责任的想法。为什么不把脑袋埋进枕头里,塞上耳朵,停止这种徒劳无益的出谋划策的活动呢?因为,除办公桌和会议桌之外,还有着别的桌子。如果我们放弃那些似乎是无用的个人想法、"茶桌"想法,是不是会使英国的年轻人失去了一件本可能对他有价值的武器呢?难道因为我们的能力或许会招致辱骂,或许会带来轻蔑,我们就强调自己的无能吗?"我将不会停止精神之战",布莱克写道。精神之战意味着反潮流的思维,而不是随波逐流。

这股潮流迅猛和狂暴地奔流着。从扩音喇叭和政治家那里，它的词语如大雨般倾盆而下。每一天，他们都告诉我们，我们是自由的人民，为自由而战斗。就是这股潮流把年轻的空中战士卷上了天空，并且使他在云层中兜着圈子。而在地面上，有着一块掩蔽躯体的屋顶和一只放在手边的毒气面罩。我们，理所当然地该去戳穿那些吹牛包，去发现真理的种子。说我们是自由的，这并不真实。今天晚上，我们都是囚徒——他是困在他的机器里，手边是一架机枪；我们则是躺在黑暗中，手边是一只毒气面罩。如果我们是自由的，我们就应该能够跑到户外，跳舞、玩耍，或者坐在窗前一起闲聊。那么，阻止我们这样做的是什么呢？"希特勒！"扩音喇叭声音一致地大喊着。那么，谁是希特勒呢？他是干什么的？热衷于权力的疯子，侵略性与暴政的化身，他们回答说，摧毁它，你们就会获得自由。

飞机的嗡嗡声现在已经像在头顶上锯树枝的声音一样了。它在绕来绕去地兜圈子。另一个声音开始在大脑中锯响起来，"有能力的妇女"——这是亚斯托夫人在今天早晨的《泰晤士报》上说的，——"受到压制是因为在男人的潜意识中有着一种希特勒主义"。我们确实是受到了压制。今天晚上，我们同样是囚徒——英国男人在他们的飞机里，英国女人在她们的床上。但是如果他停下来去思索，他就会被杀死；我们也一样。所以，让我们来为他思考，让我们尝试把压制着我们的潜意识中的希特勒主义拖曳到意识中来。这是一种侵略的欲望，一种统治和奴役的欲望。即使在黑暗中，我们也能使得它清晰可见。我们可以看到商店的橱窗在燃烧，妇女们在凝视：光彩照人的妇女、化过妆的妇女、有着紫红色的唇与指甲的妇女。想奴役人的人，他们自己就是奴隶。如果我们能从奴役状况下把自己解放出来，我们也应该能把男人从暴政下解放出来。希特勒们是由奴隶滋养出来的。

一颗炸弹落地了，所有的窗子都在格格作响。防空武器正忙活得起劲。在山坡那儿，在一张缀贴着一条条摹仿秋天树叶色彩的棕绿色物体的网下面，隐蔽着许多高射炮。现在它们全都在一刹那间开火了。在九点钟的电台广播里，我们将被告知"今天晚上有四十四架飞机被击落，其中十架是防空炮火击落的"。扩音喇叭说：和平术语之一是裁军，未来将不再会有什么高射炮，不会有陆军、海军、空军，不再会有年轻人被训练去用武器战斗。这在脑海里唤起了另一只思想的大黄蜂，另一条引语："与真正的敌人战斗，在射击彻头彻尾的陌生人中获得不朽的名誉和光荣，胸前满挂勋章和饰带地返回家园，那就是我的最高希望……就是为了这一切，我奉献出了迄今为止我整个的生命，我的教育，训练，所有的一切……"

那是参加了上次大战的一位英国青年所说的话。面对它们，那些个思想家还能再真诚地相信，靠着在会议桌上把"裁军"写到纸上，他们就能完成所有需做的事吗？奥赛罗的职业会消失，但他将仍然是奥赛罗。天空中年轻的空军战士并非仅是由扩音喇叭的声音驱使着的。驱使着他的还有他内心的声音——古老的本能、由教育与传统培育抚养起来的本能。他是否该为这些本能而受责备呢？我们能够在一桌子的政治家的命令之下关掉母性的本能吗？倘若在和平术语中，这命令是"生育孩子应局限于一个特别选出来的很小的妇女阶层中"，我们会服从吗？我们难道不会说："母性的本能是女人的光荣。就是为了这，我奉献出了我整个的生命，我的教育、训练，所有的一切……"可是，如果为了人类，为了世界的和平，需要限制生育，那么母性的本能就该抑制，妇女们也会努力。男人们则会伸出援助之手，会为她们拒绝生养孩子而尊誉她们，会给予她们的创造力以别的用武之地。那也应该是我们为自由而战的一部分。我们必须帮助英国青年从自己身上搜出对于勋章的热衷；我们必须为那些试图征服自己身上的战斗本能、潜意识中的希特勒主义的人，创造出一种更为光荣高尚的活动；我们必须因为男人失去枪而给予回报。

头顶上锯树的声音增大了，所有的探照灯光都垂直往上，照在这个屋顶正上方的一点上。任何时候，炸弹都可能落到这房间里。一、二、三、四、五、六……时间在一秒秒地流逝，炸弹没有从天而降。然而在这些悬而未决的分秒中，所有的思维都停止了，所有的情感，除了那隐约的恐怖，也消失了。一个钉子把全部的存在都钉成了一块硬板，因而害怕与仇恨的情感也显得瘦瘠而贫乏。恐惧感一旦过去，心灵又伸展开来，本能地通过尝试着创造来复苏自己，由于这房间漆黑一片，它只能从记忆中来创造。心灵的探手触及到了八月的记忆——在贝罗特[①]倾听瓦格纳的乐曲；在罗马漫步于凯姆帕纳[②]；在伦敦与朋友声声相呼。诗意点点滴滴地沁上心来。那些思绪即使在记忆中也远比由害怕与仇恨构成的隐约的恐怖更为确切、更为令人振奋、更富于创造力和愈合力。所以，如果我们要对那些年轻人失去他的荣耀和武器进行补偿，我们就必须赋予他创造性的情感，我们必须酝酿幸福，必须把他从那架机器里解放出来，把他带出他的囚笼，进入那无垠的空间。然而，假如德国

---

① 德国东南部的一个城市，因每年举办音乐节而著名。
② 围绕罗马城四周的一片平原。

和意大利的年轻人仍旧是奴隶，解放了英国的年轻人又有何用呢？

在天际晃动着的探照灯光现在攫住了一架飞机。从窗边我们能看到一只小小的银色昆虫在灯光中转来绕去。高射炮"噗噗"地开火，然后停止了发射。也许袭击者被击中坠落到山坡后面去了。有一天，一个飞行员安全地降落到附近的一片田野上，他以相当娴熟的英语对他的捕捉者说："我真高兴这场战斗结束了。"而后一个英国男子给了他一支烟，一个英国妇女给他沏了壶茶。那一幕场景似乎在显示，如果你能使男人摆脱那架机器，和平的种子并非总是落到石头上，也许它会处于一片沃土之中。

终于，所有的枪炮都停止了射击，所有的探照灯也熄灭了。夏夜那天然的夜色也再度降临，那乡野的真纯之音又清晰可闻：一只苹果"砰"地掉到地上，一只猫头鹰鸣叫着在树木间穿行。一个英国老作家的某句半已遗忘的话涌上心来："在美国猎手们已起来……"让我们把这些片段的札记送给那些在美国已起来的猎手，送给那些睡梦还未曾被机枪开火声打破的男人与女人，相信他们会重新宽宏大量地思考它们，或许使之形成某些有用之物。而现在，在世界这半球被黑暗笼罩住的时候，我们也该去睡了。

轻 率[①]

谈论"爱"总归是有失谨慎。但爱却无往不利,渗透进我们所有的言谈交流!乘坐公共汽车,我们喜欢上了售票员;在商店里我们觉得年轻的女店员可亲或可恶;在所有的往来和日常活动中,我们都一路滋生着喜好或憎恶,全天的日程都沾染着、浸透着爱。在读书时也必是如此。批评家或许能抽象出作品的本质并毫不动情地享用它,但对于我们这些人来说,每本书中都总有一些东西——性别、人物或性情——它们像在生活中的实物一样引起我们的爱与恨;像在生活中一样,影响我们,左右我们;而且,也像在生活中一样,很难用理智对此加以分析。

乔治·艾略特是个很好的例子。据说她的声誉正在衰退。她的声誉又怎能不衰退呢?她那长鼻子,她那小眼睛以及她笨重的马脸从印刷的书页后浮现,令男性批评家们心神不爽。他不得不称赞,可实在没法去爱。不

[①] 此文原刊于1924年11月号《时髦》(vogue)杂志,它表现了伍尔芙的文章活泼轻快的一面。

论他怎样严格地绝对地信奉艺术与作者个人无关的原则，当他分析她的才华、揭露她的意图和说辞时，在他的话音里，在教科书和文章里，仍不知不觉流露出他的感受：他可不希望给自己倒茶的是乔治·艾略特。另一方面，简·奥斯丁却在倒茶，从最贞洁的罐里倒进最精美的杯中，一边倒茶，一边微笑，既在魅惑，又在欣赏，优美高雅，温文客气——这一点也钻进英国文学批评的严苛文字中了。

不过，既然现在妇女不仅读书，也涂鸦般地记下自己的见解，或许也该追究一下她们的偏爱；书页中的诱因引起她们的个人好恶，这些本能的反应后来被压制了，对此也应追究一下。这里，性的引力和斥力自然是最重要的。您能听见它们噼剥作响，给淡而无味的周刊平添不少生动亲切之处。在更高的领域里此类不纯成分乃是为虎添翼，使思想在高飞时更疾速，也不免更随意。读书前有必要调整一下思想感情。此处第一个闪入脑海的名字是拜伦。不过，没有哪个女人爱过拜伦，她们遵从传统，按照吩咐行事，疯狂地力求循规蹈矩。拜伦单调乏味，自我中心，故作姿态，他高高在上的态度令人不堪忍受，又虚荣得无法形容，看上去像理发师用来置放假发的木桩，是恶汉和叭儿狗的混合物，在感伤的连篇蠢话的蒸汽中忽而威风凛凛，忽而飘移游动，他的性格是文学史中最不讨人喜欢的。不足为奇,所有的男士都喜爱他。在他们中间拜伦魅力十足,才华出众而又勇敢无畏,活跃时髦而又擅长讥讽,平平常常而又出类拔萃;总之,是女人的征服者和英雄的好伙伴——代表了男性强者自认为具有的、以及他们中的弱者所羡慕的一切。但是,要想爱拜伦,要想充分地赏识他的书信和《唐·璜》,首先得是个男人;如果是另一个性别的人,就会掩饰这种喜爱。

对济慈就用不着这样伪装掩饰了。不错,提到济慈的名字时得带几分畏怯,否则想到他这样一个被赋予了人所能有的最希罕的品格的人——一个拥有天才、感性、尊严和智慧的人,不免会使我们智昏心迷,只知一味赞颂。如果能有一个男人得到两性的一致推崇,此人当是济慈。面对他,我们纷纭的个人倾向都趋于统一。不过这里也有个障碍;有个范妮·布朗[①]。济慈抱怨说,她在汉姆斯特德跳舞跳得太多了。这时天神般的诗人举止有点专制,他照那个时代的大丈夫做派把意中人看作是天使和美丽的鹦鹉。若由姑娘们组成陪审团,她们的判决一定有利于范妮。济慈曾监管他妹妹的教育并塑造了她的性格。在妹妹面前他显示出,他"如果大任加身,将

---

① 范妮·布朗,济慈始终爱慕的女友。

表明自己是最有王者风度"的人。济慈的女性读者们必须自视是姐妹；她们对华兹华斯也应怀有姐妹情谊。华兹华斯不该结婚。丁尼生①应娶个妻子。而夏洛蒂·勃朗特则根本不该嫁给她的那个尼科尔先生。

若想占个有利位置好好观察研究塞缪尔·约翰逊②就得瞻前顾后了。他常常把桌布撕成碎条；他既严厉苛刻又多愁善感；他对女人很粗暴，但同时又全心全意、毕恭毕敬、无比虔诚地崇拜她们。不论是他猛烈抨击过的史雷尔太太③，还是曾坐在他膝上的漂亮年轻姑娘都丝毫不值得羡慕。她们的处境都如履薄冰。不过，有些年纪不轻的健壮的卖火柴卖苹果的女人，一些为自己赢得了一份经济自立的老奋斗者倒常常能得到他的同情。雨夜里站在斯特兰德街区的小摊前的女人有可能转弯抹角得到效劳的机会，为他洗涮茶杯，从而享受女人所能得到的最大的福祉。

不过，这些例子都还是简单分明的，男人始终被看作是男人，女人写作时也仍然是女人。他们直接地、正常地发挥着本性别的影响。然而有一类人则一向游离于

---

① 丁尼生（1809—1892），英国诗人。
② 塞缪尔·约翰逊（1709—1784），英国文学评论家、诗人。
③ 海斯特·L. 史雷尔（1741—1821），于1763年迫于父母之命嫁给亨利·史雷尔，夫家为富有的酒商。她是当时有名的文化沙龙女主人，和约翰逊博士过从甚多。

此类瓜葛之外。弥尔顿是他们的首领；和他一道的还有兰多①，萨福，托马斯·布朗爵士②，马韦尔③等。不论他们是女权主义者还是反女权者，是热情还是冷漠，也不论他们的私生活中有怎样的浪漫情史或冒险经历，这些丝毫都不会和他们的作品沾上边。他们的作品是纯粹的，无沾染的，像人们所说的天使那样无性别可言。但是千万不可因此将这些人和另一类有同样特点的作家混淆起来。请问，爱默生、马修·阿诺德④、哈丽特·马蒂诺、罗斯金⑤以及玛丽亚·艾孜沃斯⑥的作品属于哪个性别？在这里这个问题无关紧要。当他们写作时，他们不是男人，也不是女人。他们诉诸灵魂中那一大片无性别的界域；他们不引发激情；他们给人教诲，助人提高、改进，不论男女都可从他们的文字中得益，而不必让愚蠢的情爱或同志的狂热冲昏头脑。

然后，我们不可避免来到深闺，当我们走近幕帷、瞥见女人的倩影并听到荡漾的笑声和片断的话语时，不

---

① 瓦·萨·兰多（1775—1864），英国诗人兼散文作家。
② 托马斯·布朗爵士（1605—1682），本业为医生，著有《医生的宗教》(1643)等。
③ 安德鲁·马韦尔（1621—1668），著名的英国诗人。
④ 马修·阿诺德（1822—1888），英国诗人、评论家。
⑤ 罗斯金（1819—1890），英国作家、批评家。
⑥ 玛·艾孜沃斯（1768—1849），著名女作家，其父为爱尔兰地主。其小说中最著名的是描写爱尔兰地主的《剥削世家》(1800)。

由得微微发抖。妇女之间的关系仍部分地掩盖在暧昧之中。一百年以前事情是明了的，她们是行星，只有在男人的阳光下才能闪亮；没有了男人，她们就消损为非物，彼此轻蔑，掐斗，嫉妒——男人们作如是说。不过，必须承认，现在的情况就不那么令人满意了。爱与憎在这里也表现了出来，而且你不再敢肯定妇女读别的女人写的书时心中荡起的一准是嫉妒。更可能的是，爱米莉·勃朗特唤起她青春的热忱，她甚至忐忑不宁地喜爱夏洛蒂，对安①则抱着宁谧的姊妹情谊。盖斯凯尔夫人②对女性读者有一种母性的影响力，她聪颖，机智，心胸开阔，读者热爱她有如崇拜最可敬的母亲；而乔治·艾略特却是个姑妈，一个无与伦比的姑妈。如果这样对待她，她就会扔开赫伯特·斯宾塞③加诸于她的男人装备，沉溺于回忆之中，滔滔地倾诉——无疑带一点乡村口音——她年轻时的切身经验，以及她那伟大的、深刻的心灵。对简·奥斯丁我们不能不倾心；但她却不需要我们钟情，她什么都不需要。我们的爱不过是副产品，是无关痛痒之事；不论有这一重爱的云雾或没有，她的月

---

① 此句中提到的是布朗特三姐妹。
② 盖斯凯尔夫人（1810—1865），英国女小说家，代表作为《玛丽·巴顿》、《北与南》等。
③ 赫·斯宾塞（1820—1903），英国思想家，实证主义的创始人。

亮都将一样地清辉照耀。至于说那些外国人，有人说没法爱他们；如果并非如此，我们一定会属意德·塞维尼夫人[①]。

不过，和整部文学史中某一个或至多两个英名所唤起的伟大的挚爱相比，所有这些私心偏好，所有为了和他人更契合而做的这些思想上调节和尝试都不免显得苍白无力，有如一夏的调情无法和终生不渝的爱情相提并论。莎士比亚我们就不必说了。原野上篱笆上的轻捷的小鸟、蜥蜴、地鼠和山鼠并不为了感谢太阳带来的温暖而停止跳跃和嬉戏；我们也不必因来源于莎翁的文学辉光而感激他。不过还有一些别的比较隐蔽、比较边缘、比较不那么引人注意的名字。有一位诗人，他对女人的爱布满荆棘；他忽而狂呼忽而诅咒，忽而凶猛忽而温存；忽而热情洋溢忽而口出秽言。正是他晦涩的思想中有些东西使我们迷恋不舍，他怒火灼人，却也能感染激发。在他的浓密的荆棘丛中可窥到最高的天堂之境，可窥到狂喜以及纯粹的、没有一丝风息的宁静。不论是他年轻时用细长的中国式眼睛凝视那既使他动心、又令他厌恶的世界，还是他面颊塌陷、颧骨突立，裹在包尸布里，受尽苦痛，死在圣保尔教堂，我们都不能不爱约翰·多

[①] 塞维尼夫人（1626—1696），法国散文作家。

恩。同他相连的还有一位截然不同的人——高大，跛足，思想单纯；他草草炮制了无数的小说，但其中没有一句话粗暴、隐晦或不合体统。他是一位热爱哥特式建筑的有田产的绅士，如果他活到今天，必定会支持他的国家里的所有最可恨的制度和机构，但却仍然不失为一位伟大的作家。凡是读过瓦尔特·司各特的传记、日记和小说的女人，没有哪一个不神魂颠倒地爱上他。

"我是克里斯蒂娜·罗塞蒂"[①]

今年12月5日,克里斯蒂娜·罗塞蒂将庆祝她的百年诞辰。更确切地说,是我们将纪念她的百年诞辰。这在她本人恐怕是件相当窘惑的事。她是位顶腼腆的女性,对她来说,被人议论——而我们少不了要议论她——是极为难堪的。然而这一切无可避免;百年诞辰是铁面无情的,我们非谈论她不可。我们将阅读她的传记和书信,研究她的肖像,猜测她的病症——她的病可不少,并稀里哗啦地翻她的那些大多空着的书桌抽屉。让我们从传记开始吧——有什么能比传记更有趣呢?人人都知道,传记的魔力是不可抵御的。我们一翻开桑德斯小姐的审慎而精彩的传记(《克里斯蒂娜·罗塞蒂传》,玛丽·F.桑德斯著,哈金森出版社),立刻就陷进古老的幻境。呈现出的是被神奇地封存于魔箱之中的往昔和那时的人们。我们只须看看听听,听听看看。不一会儿那些小人——

[①] 本文为一篇书评,原刊于1930年12月6日的《国家和雅典娜神庙》,并收入《普通读者》(第二辑)。克里斯蒂娜·罗塞蒂(1830—1894),英国女诗人,画家加布里耶尔·罗塞蒂之妹。

他们确实小于常人的身量——就会开始讲话并活动。当他们行动时,我们就为他们作出种种安排,他们却毫无所知,因为他们活着的时候以为自己想去哪里就能去哪里。当他们开口时,我们便赋予他们的话语各种各样的意义,他们对此却浑然不觉,因为他们活着的时候相信自己不过脱口讲出了一闪之念。不过,一旦你进入传记,情形就全然不同了。

好了。这里是伦敦波特兰地区的哈勒姆街。大约在1830年,这儿居住着罗塞蒂一家。他们是意大利人,家里有父亲、母亲和四个小孩。街道一点儿不繁华,房子也相当破旧。不过贫困倒不大要紧,因为他们是外国人,所以不必像一般英国中产阶级家庭那样小心顾及习俗和常规。他们自成一统,靠授课、写作和别的零星工作维持生计,穿着随便,还招待意大利的流亡者,其中包括在街头演奏手风琴的,以及其他种种的倒霉的爱国者。渐渐的,克里斯蒂娜从家庭成员中凸显了出来。她显然是个善于观察的沉静的孩子,脑子里已经有了一套关于生活的想法——她打算写作——不过她因此而愈加敬重她的兄长的更杰出的才能。不久我们就开始为她安排几个朋友,赋予她某些特征。她鄙视社交晚会,不在乎穿戴。她喜欢哥哥的朋友,以及年轻的艺术家和诗人的小聚会。他们想改造世界,这让她觉得怪有趣的。因为，虽说她很文静，却相当古怪任性，喜欢笑话那些把自己看得无比重要的人。她虽然想当诗人，却不像一般年轻诗人那样紧张、虚荣，她的诗好像是在她的头脑中完整地自行生成的。她不太在意别人怎么评议它们，因为她心里知道它们是好诗。她极善于萌发敬爱——比如对她那沉静睿智、朴实诚挚的母亲，或对她的姐姐玛丽亚。玛丽亚不喜欢绘画或诗歌，但正因此在日常生活中却更生气勃勃，切实干练。比如说，玛丽亚从不参观大英博物馆的木乃伊展室。她说，复活之日随时可能来临，如果那些尸体将不得不在观众面前获取永生，未免太不相宜了。克里斯蒂娜从来没想到这点，但觉得这念头似乎很了不起。这时，我们这些身处魔箱之外的人免不了要开心地笑笑，可克里斯蒂娜在那魔箱里头，被其中的温度和潮流所影响，认为她姐姐的行为是极可尊敬的。如果我们更仔细一点地观察她，就会发现，在她的生命的中心已经形成了某种黑暗而坚实的东西，宛如一个内核。

这内核自然是宗教信仰。当她还是个小姑娘的时候，灵魂和上帝的关系就开始使她着迷，后来这成为她终生的关注。她六十四年的生命表面上看似乎是在哈勒姆街、恩兹莱花园和托灵顿方场度过的，但实际上她生活在某个奇异的界域中，在那里灵魂挣扎着要接近看不见的上帝——就她而言，这上帝是阴暗的，严厉的，他宣布说世间所有的快乐都是可憎恶的。剧院是可憎的，歌剧是可憎的，裸体是可憎的。当她的朋友汤普森小姐画了一些裸体形象时，她不得不对克里斯蒂娜说她们是些天仙，可克里斯蒂娜看穿了朋友的谎言。克里斯蒂娜生命中的一切都是从那纠结着痛苦和激情的内核中焕发出来的。信仰决定着她生活中最微末的细节。它教导她说下棋是错误的，但打打扑克牌却无伤大节。它还干预她心目中的那些顶顶重要的问题。有一位叫詹姆斯·科林森的青年画家，她爱科林森，科林森也爱她。但他是个罗马天主教徒，因此她拒绝和他结婚。等他顺应地改信英国国教后，她就表示同意了。不过他立场不怎么坚定，徘徊不决，后来又皈依了罗马天主教，于是克里斯蒂娜毅然取消了婚约，尽管这使她肝肠欲碎，含恨终生。多年以后，幸福的前景再一次出现在她面前，其基础也似乎较为牢靠。查尔斯·凯利向她求婚了。这位耽于理论的饱学之士心不在焉、身着便装地满世界跑，把福音书译成伊洛郭亦族①语言，在晚会上询问漂亮的女士们"是否对墨西哥暖流感兴趣"，还曾送给克里斯蒂娜一只用酒精浸泡保存的海老鼠作礼物。不过，理所当然，他是个不信

---

① 美洲的一个印第安部族。

教的自由思想者。他也遭到了拒绝。虽然她"爱他之深，超过世上所有女人的爱情"，可她不能做一个怀疑论者的妻子。她虽然爱那些"愚钝的有毛皮的生物"——爱世上的袋熊、蛤蟆和老鼠——并把查尔斯·凯利称做"我的最瞎最瞎的老鹰，我的特别的鼹鼠"，却不允许鼹鼠、袋熊、老鹰或凯利进入她的天堂。

我们可以永远这样看下去，听下去。封存在魔箱中的过去包含无穷无尽奇特、好玩、古怪的事物。不过，正当我们思量着下一步该探查这奇异的领域中的哪条裂隙，主要人物起而干预了。好像一条鱼，我们在它毫无知觉的情况下看它环游，看它在水草中进进出出，围绕石头转来转去，可现在它却突然猛撞玻璃，把鱼缸撞破了。起因是一次茶会。由于某种缘故克里斯蒂娜参加了佛特尔·泰布思太太举办的聚会。我们不知道到底发生了什么事，也许有人随便地、漫不经心地、茶会式地就诗歌发表了一点什么高见。不管怎样，

> 一个小个子女人猛然从座椅上站起来，走到屋子中间，郑重地宣布说："我是克里斯蒂娜·罗塞蒂！"说毕，便回到她的椅子上。

此语一出，玻璃碎裂。是的，[她似乎在说]，我是个诗

人。你们这些装模作样地纪念我的诞辰的人并不比参加泰布思太太茶会的懒散庸人高明。虽说我愿让你了解的一切都摆在这里,你们却只是徜徉于无聊的琐事,翻我的书桌抽屉,拿玛丽亚和木乃伊以及我的恋爱事件开心。看看这本绿色的书。它是我的诗集。标价四先令六便士。读读吧。然后她就回到自己的座位上去了。

这些诗人真绝,真不肯通融!他们说,诗歌与生活无关。木乃伊与袋鼠,哈勒姆街和公共马车,詹姆斯·科林森和查尔斯·凯利,海老鼠和佛特尔·泰布思太太,托灵顿方场和恩兹莱花园,甚至宗教信仰造成的奇行异想都不重要,都是外在的,表面的,不真实的。重要的是诗。唯一值得关心的问题是诗好不好。但我们不妨指出,哪怕只是为了争取些时间,有关诗的这个问题是个极其困难的问题。自从开天辟地以来,对诗的议论中有价值的不多。当代人的评价几乎总是错的。比如说,在克里斯蒂娜·罗塞蒂全集中出现的大多数作品都曾被编辑们退稿。很多年里她写诗的收入大约为每年十英镑。与此对应,如克里斯蒂娜讥讽地指出的,吉恩·英格洛[①]的诗歌却一连印了八版。当然了,在她的同代人里,也有一两位诗人、一两位批评家的意见是值得认真参考

[①] 吉·英格洛(1820—1897),英国女诗人。

的。不过他们对同一些作品又似乎产生了全然相异的印象——他们借以评判的标准是那么不同！比如说，当史文朋[1]读她的诗时曾惊呼道："我一向认为，再没有比这更辉煌的诗作了，"并进而说她的《新年颂》：

> 仿佛烘衬在火焰里，仿佛沐浴在阳光下，仿佛应和着竖琴和风琴所不能企及的回流的海之乐的弦音和节奏，是天堂的明澈而嘹亮的潮声的回响。

学识渊博的圣茨伯里教授[2]也来考查了《魔市》，并说道：

> 最恰当地说，主要诗作（《魔市》）的格律可被形容为非打油诗化的斯凯尔顿[3]式，集自斯宾塞以来各种格律程式的音乐之大成，以替代乔叟的后继者们的沉闷嘎嘎声。从该诗中可以辨别出追求不规则诗行的趋向，该倾向在其他时期里，如在十七世纪末十八世纪初的品达派[4]诗歌，以及赛

---

[1] A.C. 史文朋（1837—1909），英国诗人，与拉斐尔前派艺术家关系密切。
[2] G.E.B. 圣茨伯里（1845—1933），英国文学史家，批评家。
[3] 约翰·斯凯尔顿（1460—1529），英国诗人。
[4] 品达（公元前 522—公元前 443），为古希腊抒情诗人，尤以颂诗著称。英国在十七—十八世纪之交的"品达派"诗人包括考利、德莱顿、蒲柏和格雷等。

尔斯①早期的或阿诺德②后期的无韵诗里也有流露。

此外还有瓦尔特·罗利爵士：③

> 我认为她是目前活着的最优秀的诗人。……可惜的是你无法讲授真正纯粹的诗，就像无法谈论纯净的水的成分——容易讲述的是兑了水的，掺了甲醇的，混有泥砂的诗。克里斯蒂娜让我想做的唯一的事是哭泣，而不是讲课。

由此看来至少有三种批评流派：回流的海之乐派；不规则诗行派和否定评论、力主哭泣派。这令人困惑。如果我们同时追随他们，到头来只能以苦恼收场。也许倒不如自己读自己的，不抱先入之见地接受诗歌，并把它引起的反响录述下来，尽管它们只是一时之感，并不完善。如果这样做，我们的感受可能会如下面所述：啊，克里斯蒂娜·罗塞蒂，我得谦卑地承认，我虽熟知你的许多诗，但没有从头到尾读完你的诗集。我没仔细考察

---

① 弗兰克·赛尔斯（1763—1817），英国诗人。
② 可能指英国诗人、批评家兼教育家马修·阿诺德。
③ W.A. 罗利（1861—1922），曾先后在利物浦和格拉斯哥任教，1904年出任牛津英国文学教授。

过你的经历和发展过程。我很怀疑你的创作到底有多少发展。你是靠直觉写诗的。你总是从同一个角度出发看世界。岁月以及与人们和书本进行思想交流对你丝毫没有影响。你小心地回避了可能动摇你的信仰的书籍以及可能扰乱你的直觉的人们。说不定这是聪明的做法。你的直觉是那么准确、那么直接、那么强烈，它所催生的诗像音乐一样在人们的脑子里回响——像莫扎特的旋律或格鲁克①的曲调。你的诗虽然均衡对称，却是复杂的歌。当你拨动竖琴时，许多的琴弦同时响起。像所有直觉者一样，你对人寰的视觉美有强烈的感受。你诗中满是金色的尘和"浓浓淡淡的明媚的天竺葵"；你的双眼不断地注意到灯芯草有怎样的"天鹅绒般的头"，蜥蜴有怎样的"奇异的金属般的甲"——实在的，你观察事物时的那种拉斐尔前派②的强烈的官能快乐，恐怕一定曾使作为英国国教高派③教徒的克里斯蒂娜大为吃惊吧。然而你的缪斯的悲哀和执着却来自你的信仰。巨大信念的压力环绕这些小小的诗歌并把它们夹紧在一起。也许这些诗的坚实性得自于那信仰，至少可以肯定其中的悲哀源于

---

① 克里斯托弗·W.冯·格鲁克（1714—1787），德国作曲家。
② 拉斐尔前派，十九世纪中叶出现于英国的一个画派，因为认为真正艺术存在于拉斐尔之前，企图发扬拉斐尔以前的艺术来挽救英国绘画而得名。代表画家有加布里耶尔·罗塞蒂等。
③ 即英国国教中较为接近天主教的一派。

此——你的上帝是严厉的,你的天堂的桂冠上满是荆棘。每当你的眼饱餐世间的美,你的头脑就会立刻告诫你美是虚幻的,美是短暂的。死亡、忘却和安息用它们黑色的波包裹着你的歌。与此相悖,这时也会听到疾走声和大笑声。有动物的爪脚的吧嗒声,有乌鸦古怪的喉音以及愚钝的毛皮动物们闻闻嗅嗅的哼哼声。因为,无论如何,你不是个完全的圣人。你会拽拽它们的腿,拧拧它们的鼻子。你反对一切欺瞒和伪装。你虽然谦虚,但仍尖锐,相信自己的天赋和眼光。你剪修自己的诗毫不手软,验证其乐感时无比敏锐。没有任何松散的无关多余物拖累你的诗页。一言以蔽之,你是个艺术家。因此,即使你只是写着玩玩儿,只是摆弄铃铛消遣消遣,你也仍然为驾火的降临者①的到来保持一条通路,他不时来访,使你的诗行融合一体,牢不可分:

> 请带给我洋溢着倦怠的死亡的罂粟
> 以及窒杀它所环绕的生命的常春藤
> 还有那对月开放的草樱花。

事物的构成如此怪异,诗的奇迹如此辉煌。甚至当阿伯

---

① 指上帝,典出自《圣经》。

特纪念碑[1]已化为泥尘之时,你在小小的后屋里涂写的几首诗却仍将被认为均衡对称,无可挑剔。我们遥远的子孙后代将会吟唱:

> 当我死去的时候,亲爱的,

或者

> 我的心像小鸟啼啭歌唱。

那时托灵顿方场说不定已变成了珊瑚礁,鱼儿在当年你的卧室窗子所在的地方游进游出;或者,说不定森林会重新覆盖人行道,袋鼠和食蜜獾将嗅来嗅去,迈着轻柔胆怯的步子穿行,纠缠淹没了道道围栏的青青蓁莽。想到这些,再回到你的传记,倘若佛特尔·泰布思太太举办茶会时我也在场,而有一位身着黑衣的小个子的年长女人站起来走到屋子中间,我一定会由于笨拙的热忱做出什么莽撞的事——折断裁纸刀或打碎茶杯。我会满怀敬仰地听她说:"我是克里斯蒂娜·罗塞蒂。"

---

[1] 指维多利亚女王丈夫阿伯特亲王(1819—1861)的纪念碑,位于伦敦海德公园内。

《奥罗拉·李》[1]

布朗宁夫妇的肉身如今大出其名,可能远远超出他们在精神领域中的成就。对于世事和时潮的这种嘲弄,布朗宁们大概也会会心哂笑吧。一对狂热的情人,一个满头鬈发,一个两颊胡须,他们遭受压制,充满叛逆精神,最终私奔——这就是千千万万从来不曾读过他们的诗的人们所了解、所热衷的布朗宁夫妇。由于我们有撰写回忆录、出版信札、拍摄照片等现代习俗,作家们如今以肉体形式存在着,而不是像过去只生存在词句中;如今人们凭借帽子,而不是像过去那样通过诗来辨认他们。而布朗宁夫妇则成了那些生动活跃、名声显赫的作家中最引人注意的两位。摄影的艺术到底给文学的艺术带来了多大伤害还有待计量。当人们可以读到有关某一诗人的书时,他们还肯读多少诗人自己的作品,这是应

---

[1] 本文最初见于《普通读者》(第二辑),依据发表在《耶鲁评论》(1931年6月)和《TLS》(1931年6月2日)的两篇文章写成。伍尔芙对布朗宁夫人的兴趣还促使她写了新颖生动的《弗拉希》,从小狗弗拉希的角度出发描述了女诗人的生活。

该向传记家提出的问题。另一方面,没有人会否认布朗宁夫妇能引发我们的同情,唤起我们的兴趣。在美国的大学,一年里保不住有两位教授会瞥一眼《杰罗丁夫人的求爱》;可我们全知道那位斜倚病榻的巴雷特小姐,知道她如何在一个九月的早晨逃离了温坡尔街的黑暗的家,又怎样在街道拐角处的教堂里和健康、幸福、自由以及罗伯特·布朗宁相会了。

但对作家布朗宁夫人来说,命运待她却并不这么慈善。没有人读她的作品,没有人讨论她,没有人肯费心把她放到她应有的位置上。只要把她和克里斯蒂娜·罗塞蒂比较一下,就可看出她声誉衰微。克里斯蒂娜·罗塞蒂不可抗拒地攀升到英国一流女诗人的行列中。而伊丽莎白呢,虽然她生前得到了更为响亮的赞誉,现在却越落越远了。初级读本傲慢地将她拒之门外。他们说,现在,她的重要性"仅仅是历史性的。不论是教育,还是和她丈夫的关系,都未能使她懂得词语的价值或获得某种形式感"。总而言之,在文学大厦中唯一划定给她的地方是在楼下仆人们的场所,在那儿和赫门兹太太[1]、伊莱莎·库克[2]、吉

---

[1] 费莉西亚·D.赫门兹(1793—1835),一名早慧但作品质量不平衡的诗人,15岁出版了第一部诗集,其诗作《家庭情爱》1822年问世。
[2] 伊·库克(1818—1889),英国作家,自学成才,17岁时出版了一部诗集,后来还办过杂志。

恩·英格洛、亚历山大·史密斯①、埃德文·阿诺德②以及罗伯特·蒙哥马利③之流作伴。她把碗碗罐罐敲得叮当作响，大把地吞吃刀锋下的豆子。

因此，如果我们把《奥罗拉·李》从书架上取下，并不是当真想读它，而是带着慈悲的俯就之心玩味这往日时髦的代表物，就像我们把玩老祖母斗篷上的花边，或者端详当年装点她们桌子的印度莫俄尔皇的石膏像一样。不过，对于维多利亚人来说，这本书无疑是十分珍贵的。至1873年，《奥罗拉·李》共印行了十三版。而且，从题辞看，布朗宁夫人不惮于承认她很重视这本书——她说："这是我最成熟的作品，其中包含了我关于生活和艺术的最高的信念。"她的信件表明该作品曾经过多年的酝酿。当她初次见到布朗宁时就已在琢磨它，这对恋人所欣然共享的创作秘密中就包括她对该诗的形式的构思。

……我目前的主要**打算**［她写道］是写一部诗小说……触及我们传统中一些最根本的东西，深入"天

---

① 亚·史密斯（1830—1867），为格拉斯哥的花边设计师，其诗集于1853年出版，起先受到赞扬，后来则被人讽刺。
② 埃·阿诺德爵士（1832—1904），英国作家、学者，曾参与编辑《每日电讯报》。其最著名的作品是八卷长诗《东方之光》。
③ 罗·蒙哥马利（1807—1855），英国传道士，诗人。

使所不敢涉足"的客厅之类;剥去一切伪装,直面这个时代的人性,明白地道出真相。这就是我的打算。

由于后来众所周知的原因,她心怀这一计划在出逃和幸福婚姻中度过了不凡的十年。当这本书终于在1856年出版时,布朗宁夫人完全有理由觉得她在其中倾注了自己所能提供的最好的一切。也许这长期的储藏和随之而来的浸润过程与等待我们的意外效果有关联。不管怎样,我们只消读了前二十页,就不能不感觉自己被那老水手[①]——不知什么缘故,他徘徊在某一些书的门前,却不出现在另外一些书的门口——抓住了,我们不由得像三岁小儿一样地倾听,而布朗宁夫人则在九大卷无韵素体长诗中滔滔地讲述奥罗拉·李的故事。速度和生气,坦率和完全的自信——这些都是使我们心醉神迷的品质,它们使我们飘然离地。我们了解到奥罗拉的母亲是个意大利人,"当奥罗拉刚刚四岁时,母亲的绝伦的蓝眼睛就已合上,再不能看到她"。她的父亲是个"严厉的英国人,/在家乡度过多年枯燥的生活/在学院读书、埋头于法律和教区谈话,/后来不知不觉间却突然被激情俘虏了。"不过他也死了,于是孩子被送回英国由姑妈抚养。

---

① 此语和"三岁小儿"等句的典故出自柯勒律治的名诗《古舟子咏》。

姑妈出身于李氏名门,她身着一袭黑衣,站在乡村宅邸大厅前的台阶上迎接奥罗拉的到来。她的前额不宽,上面紧紧地盘着她那略显花白的褐色发辫;她的嘴线条柔和,但金口难开;眼睛说不出是什么颜色,面颊像是夹在书页中的玫瑰花,"保留它更多的是出于怜悯,而不是由于欢爱——如果它不再是刚刚盛开,它也不能更枯萎凋零。"这位女士悄然隐居,把她的基督徒的才华运用于织袜子和钩内衣,"因为我们是血肉至亲,需要同样的衣衫"。在她的手里,奥罗拉吃足了人们所谓的适当的女子教育的苦头。她学了一点法语,一点几何;学了缅甸王国的国内法律,有哪条通航河流通达拉腊,公元第五年在克拉根福进行了什么人口普查,以及怎样画身披简洁袍衣的海的女儿、怎样将玻璃抽丝、怎样剥制鸟标本、怎样用蜡做花等等。因为姑妈喜欢女人有个女人样儿。有一天晚上奥罗拉绣十字花,由于选错了丝线,绣出了个长着粉红眼睛的牧羊女。感情冲动的奥罗拉疾呼道:在这种女性教育的折磨下,一些女人死了,另一些在消损憔悴。少数像奥罗拉一样"与无形之存在有某种联系"的女性活了下来,目不斜视地行路,客客气气地应酬表亲,聆听牧师讲道并为人们斟茶倒水。奥罗拉本人很幸运,拥有一间小屋子,墙上是绿色的壁纸,地上有绿色的地毯,床边有绿色的床帷,好像是要和英格兰乡村的乏味的绿色相匹配。她在那小屋里躲清静，在那里埋头读书。"我发现了一个秘密，在一间阁楼里／满是写着我父亲名字的箱子／堆积如山，大包大捆，在那里，出出入入，……像敏捷的小老鼠在古代巨象的骨骼间钻来钻去，"她读了一本又一本的书。事实上老鼠（布朗宁夫人的老鼠总是如此）在插翅高飞，因为，"当我们意气飞扬地忘却了自己／全心全意，一往无前地投入书的深渊／被其中的美、被真理的精华所激励——／这一刻，我们从书中真正得益"。她不停地读啊读啊，直到她的表哥罗姆尼来找她一道散步，或是画家文森·卡林顿来敲窗户。"男人们刻薄地认为那位画家有点癫狂，因为他认为如果画好了肉体，实际上就是画出了心灵。"

这样草草概括《奥罗拉·李》的第一卷自然不能反映其本来面貌；但如果我们像奥罗拉所劝告的，全心全意、一往无前地将原作吞读了这许多，就会发现很有必要尝试将许多纷纭的印象梳理一下。首先产生而且最突出的印象是作家本人的存在。透过人物奥罗拉的声音和故事中的情境，伊丽莎白·巴雷特·布朗宁的个性在我们耳际萦回。布朗宁夫人不会控制自己，也不会掩藏自己，这无疑标志着一个艺术家尚不完美，表明作家的生活对其艺术的影响超过了应有的程度。我们在阅读的时候一次又一次地感到，虚构的奥罗拉似乎在揭示真实的伊丽莎白。我们应记得，布朗宁夫人是在四十出头时起念要写这部诗的，在那个年纪里女人的生活和她的艺术作品的关系总是超乎寻常的密切。因此，即使是最严谨的批评家，在应该专注于作品时也不能不有时涉及作者本人。而且，众所周知，伊丽莎白·巴雷特的那种生活经历必然影响最纯正、最有个性的才能。她幼年失母；她曾私下里大量读书；她最亲近的兄弟溺水而死；她曾长期卧病；她那专制的父亲以传统的方式把她囚禁在温波尔街的卧室里。不过，我们最好还是别重复这些熟悉的事实，而是读读她本人怎样描述这些事对她的影响。

我只在内心里生活，（她写道），或者，只体验着**悲伤**这一种强烈的感情。早在疾病造成与世隔离之前，我已经在独自索居。世上很难找出比我更没见过世面、更耳目闭塞的小姑娘，而我现在简直算不得年轻了。我在乡下长大——没有什么社交机会，一心迷上了书本和诗歌，在幻想中获得经历。时间就这样不断流逝了——后来我生了病……似乎简直没希望（有一度看来就是如此）再踱出房门。于是，我开始觉得不平……我行将离开这人生的殿堂，却一直被蒙蔽双眼，一无所见——我不曾见识过人性，我在世上的兄弟姐妹们对我来说只是空洞的**名字**，我没看到过高山和河流，实际上什么也没见过。……你知道无知给我的艺术造成哪些不利吗？莫非你看不出，如果我活下去而不逃离囚牢，我将在极为不利的条件下劳作——可以说我是一个**盲诗人**。当然，不利条件能得到某种程度的补偿。由于自我意识和自我分析的习惯，我有丰富的内心生活，我对人类主要本性做了不少重要的猜想。但是，作为一个诗人，我多么愿意拿若干这种笨重的、沉思的、无效的书本知识去换取一些对生活和人的切实经验，去换取一些……

她中断了，打上了几个删节号，我们可以乘此机会回到《奥罗拉·李》。

布朗宁夫人的实际经历到底给她的诗人生涯带来了多少损害呢？我们不能不承认，伤害很大。当我们翻阅《奥罗拉·李》或《书信集》时，可以明显地看出，两者常常是彼此呼应。这部节奏急促、混乱无章的诗作描述了真实的男男女女，它所自然地表达的那个心灵并不善于从孤独中得益。一个抒情的、笃学的或精益求精的思想者可能会利用孤独或隐居完善自身的能力。丁尼生所企望的不过是在乡村腹地独自与书本相处。但伊丽莎白·巴雷特的思想是活泼的，入世的，讥讽的。她不是学者。书本对她来说不是目的，而是生活的替代品。她在对开本中驰骋,是因为人们不许她在草地上奔走。她与埃斯库罗斯和柏拉图搏斗,是因为她根本没有可能与活着的男人女人争论政治。她生病时最爱读的是巴尔扎克、乔治·桑以及别的"不朽的非礼之作",因为"它们使我的生活保持了某些色彩"。当她最后打破囚笼之时,最引人注意的是她投身当时生活的那种热情。她喜欢坐在咖啡馆里看行人走过,她喜欢政治、争论和现代世界中的斗争。往昔及其残骸,甚至意大利的往昔及其残骸都远远不像中庸者休姆先生的理论或法国皇帝拿破仑的政治那样令她感兴趣。意大利绘画和希腊诗歌在她那里引起些笨拙的老一套热情反响,这和她关注实际事物时创造性的独立不羁精神形成奇特的对照。

她的天性既如此,也就不必奇怪,即使深居病室,她的头脑仍选择了现代生活作为诗的题材。她没有动笔,明智地等待着,直到出逃使她获得了某些知识和分寸感。但是毫无疑问,作为一个艺术家那孤独隐居的漫长岁月对她有不可挽回的损害。她被摈于生活之外,猜想着外界的情况,并且不可避免地夸大了内心的经验。对她来说,小狗弗拉希之死有如女人失去爱子。常春藤碰触玻璃窗的声响变成了树木在狂风中的猛烈摇摆声。病室的静寂是那么深沉,温波尔街的生活是那么单调,因此在感受中每个声音都被扩大,每个事件都被夸张。最后,她终于得以"冲进客厅之类,剥去一切伪装,直面当代的人性,并坦白地道出其真相",可她却已太虚弱了,无法承受这一震惊。寻常的阳光,流传的蜚语及日常的人际交往使她精疲力竭,兴奋无比,头晕目眩,她所见如此之多,她所感如此丰富,以致她不再能确知自己到底见到了什么或感受到什么。

因此诗小说《奥罗拉·李》虽然本来有潜力,却未能成为一部经典杰作。它是杰作的胚胎,在其中天才起伏漂动,处在某种未出生状态,等待创造力完成最后的工序使它成形。这部长诗有时激发,有时沉闷;有时雄辩,有时笨拙;既庞大怪异,又精巧细致;它轮流地具备上述特点,令人沉迷,使人困惑。但尽管如此,它仍然唤起我们的兴趣和尊敬。当我们阅读它时,便越来越明白地认识到:不论布朗宁夫人有哪些缺陷,她是敢于在想象生活中英勇无私地探险的少数作家之一。这想象生活和作者的私生活是不相干的,理应与个人品格分开对待。这样她的"打算"终于得到了贯彻。她的理论确有兴味,弥补了其实践中的许多缺点。撮要地归纳该诗第五卷的阐述,可把该理论简述如下。诗人的真正的任务,她说,是表现他自己的,而不是查理大帝[①]的时代。

[①] 查理大帝(742—814),为法兰克王,在公元 800 年时被加冕为西方王。

较之罗兰①和他的骑士们的龙塞斯瓦列斯村，在客厅里有更多的激情发生。"躲避现代的漆饰，上衣和花边，/呼唤古罗马的宽袍和如画的景象，/这是致命的，而且愚蠢。"因为活的艺术表现并记录真实生活，而我们所唯一真正了解的就是我们自己的生活。但是，她问道，表现现代生活的诗歌可能采取什么形式呢？戏剧是不可能的，因为时下只有最奴性、最驯顺的剧才有可能成功。何况，我们（在1846年）想就生活发表的见解已不适合"纸板布景、演员、提词人、汽灯和化妆那一套，而今我们的舞台就是灵魂自身"。那么她能做什么呢？这是个难题，努力定会逊于目标，但她至少把自己生命的血液挤进了每一书页，至于其他——"让我少想些形式和外在的东西。相信精神……保持火种不熄，让那高贵的火焰自己去成形。"于是，火光耀眼，火焰高蹿。

想在诗中探讨现代生活并非巴雷特小姐一人的愿望。罗伯特·布朗宁也说过，这是他一生的抱负。考文垂·帕特摩②的《家庭天使》和克拉夫③的《波希》都属

---

① 罗兰为传说中伴随查理大帝的十二骑士中最著名的一个。《罗兰之歌》为著名的法国中世纪民间长诗。
② 考文垂·帕特摩（1823—1896），英国人，其赞美维多利亚时代理想家庭的连载长诗《家庭天使》发表于1854—1863年间，当时很受欢迎。
③ 阿瑟·休·克拉夫（1819—1861），为当时有一定名气的文化人，有不少诗作，其中以苏格兰学生读书会为题材的《托波·纳-弗里奇的波希》等得到很高的评价。

这样的尝试，而且先于《奥罗拉·李》若干年。这很自然。因为小说家们已在散文中十分成功地描写了当代生活。《简·爱》、《名利场》、《大卫·考柏菲尔》和《理查德·菲弗利尔》等纷纷在1847至1860年间接踵而来。诗人们不免会和奥罗拉·李一样觉得现代生活也不失热烈，并具有其自身的意义。为什么这些全都该成为散文作家的囊中之物呢？当今之世，乡村生活、客厅生活、俱乐部生活和街头生活中的趣事和悲剧都大声疾呼着要求被宣扬，诗人为什么非得被迫去回顾遥远的查理大帝、罗兰骑士、古罗马的袍子和如画的景象呢？不错，诗歌用以表现生活的旧形式——即戏剧——的确是过时了，可是，难道就没有其他的形式能够替代它吗？布朗宁夫人相信诗的神圣，她久久沉思，尽可能地撷取实际经验，最后抛出了她的九卷素体诗向勃朗特姐妹们和萨克雷们挑战。她以素体诗的形式吟诵肖尔迪奇和肯星顿①；我姑姑和教区牧师，罗姆尼·李和卡林顿；玛丽安·厄尔和豪爵爷；奢华的婚礼，暗淡的郊区街道，帽子，胡须，四轮马车和铁路上的火车。诗人能够写这一切，她大声宣布说，就像他们能写骑士、美女、壕沟、吊桥和城堡中的庭院。不过，他们真的能吗？让我们来看一看，当一

---

① 均为伦敦地名。

个诗人不再写史诗或抒情诗,却侵入小说家的领地偷猎,编写故事表现在维多利亚女王统治中期我们的被种种利益和激情驱动的、不断消长变化的生活,究竟会出现怎样的情况。

首先的问题是那个要讲述的故事。诗人必须设法告诉我们主人公被邀请赴晚宴等一些必要的情况。对此小说家会尽可能平淡地不事声张地予以处理,比如:"很不巧,当我吻她的手套时,送来了一张字条,说她的父亲向我致意,并请我第二天去她家用晚餐。"这样的叙述倒也无伤大雅。可诗人却得这样写:

> 我正亲吻她的手套,不胜悲哀,
> 仆人却送来她的一纸短简,
> 说她爸爸要她代为致意,
> 并问来日可否共进晚餐!

这简直有点荒唐。平常的字句被用来装腔作势,被着重地读出,使它们显得滑稽可笑。其次,诗人该怎样应付对话呢?布朗宁夫人说过,如今我们的舞台就是心灵。如她所暗示的,在现代生活中唇舌已经取代了刀剑,生活中的精彩时刻,一个人物给其他人物带来的惊愕,都是通过谈吐体现的。但是诗歌在跟踪人们的日常会话时就显得先天不足了。请听罗姆尼在一个非常激动的时刻如何和他的旧情人玛丽谈论她和另外一个男人生的孩子：

> 愿上帝也如此地养育并离弃我
> 像我养育他，让他觉得
> 自己是个快乐的孤儿。我让孩子
> 分享我的酒杯，睡在我的膝头，
> 在我的脚畔高声地欢跳
> 在大庭广众前牵着我的手……

如此等等。简言之，罗姆尼像所有伊丽莎白时代的主人公们那样狂呼乱跳，而布朗宁夫人原本曾急切地警告，不许这些人进入现代客厅。事实证明素体诗是鲜活口语的无情死敌。日常谈话被抛到起伏摇动的诗句上，变得高亢激扬、咬文嚼字、感情浓烈；而且，因为行动已经被排除，言谈就必须继续下去，于是读者的思想在单调的节奏①中陷入僵化迟钝的境地。布朗宁夫人被她的诗行的铿锵节奏而不是人物的感情所引导，于是高谈阔论，泛泛言说。她所采取的文体形式的性质迫使她忽略了那些较为轻灵微妙或色彩较为不显著的情感，而小说家正

---

① 限于译者水平，前面引用的两段诗原文的韵脚和素体诗的五步抑扬格格律未能在译文中充分体现出来。

是凭借这些一笔一画地描绘出人物来。变化与发展，一个人物对另一个人物的影响——这些都被放弃了。整部诗变成了冗长的独白，我们所知晓的唯一的人物和故事就是奥罗拉·李本人的性格和经历。

因此，如果布朗宁夫人所设想的诗小说是要细致入微地展现人物，揭示众多心灵间的关系，并不停顿地展开故事，可以说她彻底地失败了。不过，如果她只是想使当时的一般生活，以及那些毫无疑问属于维多利亚时期的力图解决时代问题的人物，经过诗火的焚燃变得更加明亮、强烈、浓缩，让我们对之有所感受，她则实现了自己的意图。奥罗拉·李热切地关心社会问题，渴望知识和自由，因同时身为艺术家和女性而矛盾重重，确为她的时代的女儿。罗姆尼同样毫无疑问是维多利亚中期的绅士，心怀高贵理想，对社会问题殚思竭虑，并很不走运地在施洛普郡建立了一个傅立叶式的共居团体。那位姑姑，那些沙发罩布和奥罗拉逃离的那所乡村宅第都相当真实，简直立刻就能在托特纳姆宫路的交易所卖出大价钱来。诗人准确地抓住了维多利亚人在大的方面的感受并把它们生动地刻印在我们的脑子里，丝毫不逊于特罗洛普[①]和盖斯凯尔夫人的小说。

[①] 特罗洛普（1815—1882），英国小说家。

实际上，如果我们把散文小说和诗小说加以比较，散文也并不能尽领风骚。有时候，小说家会抖散开分别写的十几个场景在诗中被压成一个，许多页细致的描绘被融为一行，当你一页页读这样精练的叙述时，不禁会觉得诗人胜过散文作家。诗人的书页比散文容量大一倍。诗中人物虽然有可能是漫画式的剪影，是夸张的概括，未能在冲突中徐徐展现，但却包含某种被提高了的，象征性的意义，这是采取渐进手法的散文所无法竞争的。诗歌具有紧凑性和省略性，它可以借此睥睨散文家及其对细节的缓慢积累；也正因此，事物的总体方面——市场，落日，教堂——在诗中现出辉煌并具有某种连续性。由于这些，《奥罗拉·李》虽有种种缺陷，却仍然存在，呼吸，活着。贝多思①或亨利·泰勒爵士②的剧作虽然写得漂亮，却如僵尸冰冷静卧，罗伯特·布瑞支斯③的古典主义剧作如今已极少有人问津。如果我们想想这些，就会觉得，当初伊丽莎白·布朗宁夫人冲进客厅，宣布这个我们活动并工作的场所乃是诗人真正的领地，实在是受到了真正的天才之火的激励。至少，在她的尝试中这

---

① 托马斯·L.贝多思（1803—1849），英国诗剧作家，早年学医，1835年后主要旅居国外。

② 亨利·泰勒（1800—1886），英国政府的职员，诗剧作者。

③ 罗·布瑞支斯（1844—1930），英国作家。受教于伊顿公学和牛津大学，一度行医。写有大量诗歌、八部剧本和一些散文。

勇气是有价值的。她的不高明的趣味，她的苦恼不安的独创精神，以及她那挣扎着滋蔓着的迷惘的激烈意绪在这里得到了可以发挥的空间，又不至于造成太重大的损害，而她的耿耿赤忱和丰富情怀，她出色的描绘能力和她敏锐尖刻的幽默感将她本人的热情传染给我们。我们发笑，我们抗议，我们抱怨——这太荒唐了，这不可能，我们一刻也不能再容忍这样的夸张了——但我们仍被深深吸引，一直读到结尾。一个作家还能再要求什么呢？我们对《奥罗拉·李》的最高的赞誉是：我们感到奇怪，为什么没有后继之作跟随而来？街道和客厅肯定是极有前途的题材；现代生活无愧于缪斯女神。不过，伊丽莎白·巴雷特·布朗宁在从病榻上跃起并冲进客厅之际匆匆绘就的速写未能最终完成。诗人或是太保守，或是太胆怯，以便现代生活仍然主要是小说家的猎物。在乔治五世[①]的时代，我们没有诗小说。

[①] 即伍尔芙生活的时代。英王乔治五世 1910—1936 年间在位。

玛丽·沃斯通克拉夫特[①]

很古怪，大的战争的影响总是断断续续的。法国大革命攫住了某些人，把他们的生活撕裂，却悄然放过了另一些人，没有扰动他们一根发丝。据说奥斯丁从未提过法国革命；查尔斯·兰姆对之置若罔闻；花花公子布卢梅尔[②]丝毫不曾把它放在心上。但是对华兹华斯和葛德文[③]来说，这场革命乃是曙光，他们从中明白无误地看到

　　　　法兰西屹立于金色时光之巅，

　　　　人类的本性仿佛正重又新生。

一个善于渲染的历史家轻而易举就能把这种顶顶触目的

[①] 玛丽·沃斯通克拉夫特（1759—1797），英国作家，《维护女权》（1792）的作者。本文最初于1929年10月5日发表于《国家与雅典娜神庙》，后收入《普通读者》第二辑（1932）。
[②] 即乔治·B.布卢梅尔（1778—1840），为摄政王乔治四世的友人，领导当时伦敦时尚者，人称"花花公子布卢梅尔"。晚年陷入贫困。
[③] 葛德文（1756—1836），英国政治家、小说家。

对比并置起来——一面是恰斯特菲尔德街的布卢梅尔，他的下巴小小心心地安放在领结上，用绝无粗俗重音而细加斟酌的腔调讨论着外衣翻领应如何裁剪；而另一边在索默斯城有一伙衣衫不整的兴奋的年轻人聚会，其中一位头太大、鼻子过长的先生每天都在茶桌上侃侃而谈，议论人类的从善性、理想的团结统一以及人权等等。在场的人中还有一位妇女，眼睛非常明亮，谈吐极为热切，那些年轻的男人们——他们拥有的是些中等阶级的姓氏，诸如巴罗①，霍尔克罗夫特②或葛德文之类——干脆称呼她"沃斯通克拉夫特"，就好像她是否已婚无关紧要，就好像她和他们一样是个男性青年。

知识者当中的这种触目的不一致——查尔斯·兰姆和葛德文；简·奥斯丁和玛丽·沃斯通克拉夫特都是智识高拔的人——表明了环境在怎样的程度上影响着见解。如果葛德文生长在伦敦圣堂武士住区，或是在基督慈善学堂深受古物和古书的濡染，他很可能对于肤泛地谈论人类未来以及人的权利根本不感兴趣。如果简·奥斯丁幼年时曾被放在楼梯口来阻挡她父亲殴打母亲，她心中也

---

① 指美国诗人兼外交官乔尔·巴罗（1754—1812）。
② 托马斯·霍尔克罗夫特（1745—1809），曾先后做过马夫、鞋匠、演员和作家。他自学成才，是激进的无神论者，坚信人类可以自我改善。

一定会燃起对暴君的强烈仇恨,她的小说也一定会充满对正义的呼唤。

而这正是玛丽·沃斯通克拉夫特对所谓婚姻幸福的最早的体验。后来她姐姐埃弗琳娜的婚事也很不美满,她在马车里把自己的结婚戒指咬成了碎片。她的弟弟是个累赘,她父亲经营农场赔了本。为了让那个脾气暴烈、头发肮脏、名声不佳的红脸汉子能重整旗鼓,玛丽忍辱负重,到贵族家当了家庭教师。总而言之,她从没尝过幸福的滋味,而正因如此,她编造了一套信条,对应于苦难深重的人类生活的真相。她的学说的主旨是:唯有独立最重要。"他人对我们的每个恩典都是新的枷锁,都削减我们固有的自由,降低我们的思想。"女人首先必须独立;她必需具备的不是高雅风度或迷人魅力,而是精力、勇气和将意愿付诸实行的能力。玛丽觉得最可夸耀的是能够说:"凡我决心做的重要的事,我无不贯彻如一。"她这样说确实问心无愧。她三十岁刚出头之时,就已经有资格回首自己顶着强大反对势力所采取的一系列行动了。她曾费尽心力,为朋友范妮租了一栋房子,结果范妮改变了主意,不再需要房子了。她曾办了一所学校。她曾劝说范妮和斯凯先生结婚。她曾抛开学校只身一人前往里斯本去照料垂危的范妮。在归途中,她迫使船长救援一艘遇难的法国船,她威胁说如果船长见死不救,她将告发他。她狂热地爱上了福瑟里[①],公开表示要和他一起生活,却遭到他妻子的断然拒绝;于是她立刻将她的果断行动原则付诸实行,动身前去巴黎,决心以写作为生。

因此对她来说革命不只是身外发生的一件事,而是流淌在她自己的血脉中。她一生都在反叛——反对暴君,反对法律,反对习俗。她心中涌动着改革者对人类的热忱,其中包含的恨和爱一样多。法国革命的爆发表达了某些她最深切服膺的理论和信念。在那个火热的特殊时代里,她一挥而就,写出了两部大胆而雄辩的著作——《答柏克》和《维护女权》,它们都是些至理名言,以致今天看来已似乎毫不新鲜——它们当年的独创新颖之处已经成了我们的老生常谈。不过,当她只身在巴黎独住于一所大宅中时,她亲眼看到自己一向蔑视的国王在国民卫队押送下乘车经过,而且,出乎她的意料,他保持着颇多的尊严,于是,"说不清由于什么缘故",泪水涌进了她的眼眶。"我正要上床睡觉,"她在那封信结尾时说道,"平生第一遭,我不愿熄灭蜡烛。"事物毕竟不那么简单。她甚至不能明白自己的情感。她目睹着自己最珍视的信念付诸实施——她却泪水盈眶。她赢得了名声、

---

① 亨利·福瑟里(1741—1825),瑞士画家,1764年到英国,后一度去意大利,1778年起定居伦敦。

独立和按自己意愿生活的权利——可她却渴盼着别的什么。"我不想被人当做女神敬爱,"她说,"我想成为你生活中的必不可少的人。"因为,她的受信人伊姆利,一个迷人的美国人,曾经对她很好。她确实热烈地爱着他。然而她的信念之一是:爱必须是自由的,"相互的,爱恋就是婚姻,一旦爱情死亡——如果爱情死亡的话——婚姻关系就不该维系下去。"然而,就在她渴求自由的同时,她也祈望着安定。"我喜欢'喜爱'这个词,"她写道,"因为它意味着某种习以为常的事物。"

所有这些内在的矛盾和冲突都在她脸上表现了出来,她的面容既坚定又恍惚,既性感又聪慧,此外也很美丽,有明亮的大眼睛和浓密的长鬈发,所以骚塞①认为这是他所见过的最富于表情的面孔。这样一个女人的生活注定要充满急风暴雨。她每天编造出指导生活的理论;她每天都在他人的成见上碰壁。而且,每一天——因为她并不是书呆子,也并非冷血的理论家——她的身心中都生出一些新东西,把她的理论推到一旁,迫使她重新构建那些理论。她根据理论行事,认为自己对伊姆利没有法律权利,拒绝和他结婚,但当他扔下她和他们的孩子离去,一星期又一星期仍不归来,她却又痛苦得不堪忍受。

---

① 罗伯特·骚塞(1774—1843),为英国十九世纪初"湖畔派"浪漫主义诗人之一,1813年被封为"桂冠诗人"。

她本人是这般意乱心迷,甚至连她自己都难以理解,也就无法苛责那个背信弃义的凡胎俗子伊姆利没能跟上她的快速变化,以及她忽而理智忽而不理智的情绪周期。即使一些不偏不倚的朋友也常为她的自相矛盾而不安。玛丽激情洋溢地热爱自然。有一夜晚,天空的色彩无比精妙,玛德琳·史威泽忍不住对她说;"玛丽,来吧——来呀,爱自然的人——享受一下这奇妙的景象——这不断变幻的色彩。"可是玛丽却一直目不转睛地盯着德·瓦尔佐根男爵。"我得承认,"史威泽夫人写道,"这种性爱的专注给我造成了非常不好的印象,我的愉悦感顿时烟消云散。"如果说这位多情善感的瑞士女人是因玛丽的情欲而不安,精明的生意人伊姆利则是受不了她的心智。每当他见到玛丽,便被她的魅力征服,但随之感到她的敏锐、洞察和她毫不妥协的理想主义在不断骚扰着他。她看得透他的借口,她能回敬他所有的理由,她甚至能料理他的生意。和她在一起简直没有安宁——他只能再一次离开。这时她的信就会追踪他,以其真挚和洞见折磨他。他们都十分坦率,他们都曾热烈地保证要讲真话;他们无比蔑视肥皂、明矾、财富和安逸;她曾再三地说,只要他表了态,"你就再不会听到我的消息",他担心事情真会到这地步,他觉得受不了。他本想逗逗小鱼,结果钓上只海豚,那生灵一下把他拖进水里,搞得他头晕目眩，只想逃脱。虽然他也玩票涉猎理论，但归根到底是个生意人，他依赖于肥皂和明矾，"生活中次一等的乐趣，"他承认说，"在我来说是必要的享受。"而其中有一种是玛丽嫉妒的追究眼光所一直不能猜透的。是什么使他不断地离开她？是生意？是政治？是别的女人？他徘徊不决，他们见面时他很可爱，但不久他又消失了。最后，玛丽气急败坏，疑心重重，简直有点神智失常，从厨子口中逼出了真相。她被告知说，某巡回剧团的一个小姑娘是伊姆利的情人。玛丽丝毫不爽地贯彻了采取决断行动的原则，把衣裙浸了个透湿，以确保自己一定下沉，然后从帕特尼桥纵身投河。不过她被人救了起来，在经历了一番无法描述的痛苦以后，她恢复了她那"不可征服的伟大的心灵"，她那小姑娘气的自立理论又占了上风。她决定再一次尝试争取幸福，并且自己养活自己和女儿，不要伊姆利的一文钱。

正在这个当口上，她再次见到了葛德文，那个长着硕大头颅的小个子男人。当初他们相识时，法国革命使索默斯城的青年认为新世界正在诞生。说她遇到了葛德文，是个委婉的说法，事实上是玛丽·沃斯通克拉夫特登门拜访了他。这是法国革命的影响吗？是否她所目睹的街头流血，以及她耳际回响的狂怒人群的呐喊，使她觉得采取哪种方式——是披上斗篷到索默斯城拜会葛德文还是在西祝德街坐等他来访——并无关紧要？而激发了那个奇特男人的，又是怎样不寻常的生活的动荡呢？他是卑鄙和伟大、冷酷和深情的奇异混合体——因为，如果没有独特深切的内心感受，就写不出关于他妻子的回忆录。他认为玛丽做得对，他因她践踏了种种束缚女性生活的荒谬陈规而尊敬她。他在许多问题，尤其在两性关系问题上持有极为特别的见解。他认为男女之间的情爱也应受理性引导。他认为他们的关系包含某种精神的因素。他曾说过："婚姻是一种立法，是最坏的法律……婚姻是一种财产关系，是最坏的财产。"他相信，如果男女双方相悦，他们不必有任何仪式就可同居，或者，比方说，住在同一条街上相距二十来个门——因为同住在一起常常会磨蚀爱情。不仅如此，他还说，如果别的男人喜欢你妻子，"这不成其为问题。我们可以同时共享她的言谈。而且我们将都很聪明地把肉体关系看作是区区小事。"不错，当他写这些时，他还根本不曾恋爱过；此时他才头一遭体验了爱的滋味。这感情来得很平静，很自然，由于在索默斯城的一次次谈话，由于他们俩不合礼仪地独自在他的住房里议论天下万事，感情在"双方的心灵中同样发展着"。"友谊渐渐融为爱情……"他写道，"当按照事情发展的进程，倾吐衷肠的时刻来临时，双方都发现其实已没什么可向对方吐诉的了。"无疑，他们在那些最根本的问题上是观点一致的。比如说，他们都认为婚姻是不必要的。他们将继续分开居住。不过，自然再一次干预了。玛丽发现自己怀了孕，这时她想：为一个理论而失去自己看重的朋友们，值得吗？她觉得不值，于是他们结婚了。而另外一种理论——即夫妻最好分开居住的理论——难道它不也与她的一些新生的情感相矛盾吗？"丈夫是房中一件便利的家具。"她写道。实际上，她发现自己原来十分热衷家庭生活。那么，为什么不也修正另外那条理论，搬到一起住呢？葛德文可以在附近另找一间屋子当工作室；如果他们想的话，可以分别出去吃饭——他们应该各有各的工作，各有各的朋友。他们就这么说定了，这个计划运转得十分成功。这种安排兼有"访问会见的新奇和生动感，以及家庭生活的更美妙的、由衷的乐趣"。玛丽承认她很快乐；葛德文坦白说，"一个人在玄学中长久浸润之后，发现有人关心他本人的幸福，实在是个莫大的满足。"由于这新的满足，玛丽身心中的各种力量和情感都被解放了出来。琐事给了她妙不可言的快乐——看葛德文和伊姆利的孩子一起玩；或想到他们的孩子即将出生；或某一天到乡下远足；等等。有一天，她在新道街碰见了伊姆利，并毫无怨恨地跟他打了招呼。葛德文写道："我们的幸福是疏懒的幸福，是充满自私而短暂的欢乐的天堂。"不，这也是一种试验,就像玛丽的人生从一开始就是实验,这是使人类习俗更符合人类需要的尝试。而且他们的婚姻才仅仅是个开端,各式各样的事会相继而来。玛丽将要生孩子。她将写一本名为《妇女的苦难》的书。她将改革教育。她生孩子那天将下楼来吃晚饭。她在分娩期间将雇佣一名产婆而不用医生——不过这成了她的最后一个试验。她死于生产。她对自己的生存有强烈的感受,即使在最不幸的时候她也呼喊说:"一想到死——想到失去我自己——我就受不了。不,我觉得,自己不复存在简直是不可能的。"然而这样一个人却在三十六岁时死去了。但她也回击了命运。她下葬后的一百三十余年间有千百万人死去并被遗忘了。然而,当我们今天阅读她的书信,倾听她的论辩,思考她的种种试验——其中最有成果的即是她和葛德文的关系,并认识到她曾怎样慷慨大度、热血激扬地直入生活的精髓时,她无疑获得了某种形式的永生。她活着,积极能动地活着,她在论争,在尝试,现在我们仍然能在活着的人们中听到她的声音,辨别出她的影响。

《简·爱》与《呼啸山庄》[①]

　　夏洛蒂·勃朗特诞生后已有一百年了，她现在已成了如此众多的传说、忠诚和文学的中心，然而她却只活了三十九年。如果她的生命达到了普通人的时间跨度，那么关于她的那些传闻就会与现在迥然不同，想起这真让人感到不可思议。她或许就会像她的那些同时代名人一样，成为一个在伦敦和其他地方经常能碰到的人物，成为无数的画面和轶事的主题，成为许多部小说的作者，也可能是回忆录的作者，远离我们而沉浸于对中年盛誉的记忆之中。她本来也许会富有，也许会一帆风顺的，可事实却并非如此。当我们想到她时，我们不得不想象的却是某个在我们这现代世界里毫无时运的倒霉者，我们不得不让我们的思绪返回到上个世纪五十年代，返回到荒凉的约克郡沼泽地带的那一处遥远的牧师住所。就是在那个牧师的住所和那片沼泽地带，郁郁不乐和孤苦伶仃的她，在其物质的贫苦和精神的昂扬中，永远地在

[①] 本文写于1916年，收入伍尔芙随笔集《普通读者》。

那儿盘桓着。

这些环境影响着她的性格,很可能在她的作品中也留下了它们的痕迹。一个小说家,我们沉吟着,必定会用许多奄奄一息的材料来构建他的小说结构,这种材料起初给予小说一种现实感,到末了却像废物在拖累着它。在我们又一次打开《简·爱》时,我们无法抑制这样一种疑惑:我们将发现的是她的一个古老的、属于维多利亚时代中期的、过时的想象世界,它就如沼泽地区的那幢牧师住宅一样,是一处只有好奇者才会涉足,只有虔诚者才会保存的地方。就这样,我们翻开了《简·爱》,可是只读了两页,一切的怀疑就从我们心里一扫而光。

> 猩红色帷帐的皱褶挡住了我的视线,使我看不到右边的景物;左边是明亮的玻璃窗,虽然保护着我,却不能使我和十一月的阴沉沉的天气隔离开来。在翻着我的书页的时候,我时不时地仔细观察着那个冬日下午的景色。在远方,它是一片白茫茫的云雾,在近处则是一片湿漉漉的草地和被暴风袭击过的灌木。没完没了的雨水在久久地哀叹着的狂风前疯狂地掠扫过去。

再没有什么会比荒野本身更难以持久,再没有什么会比那"久久地哀叹着的狂风"更为迎合时尚了,同时也再没有什么会比这种兴奋状态更为短暂的了。它促使我们匆匆地浏览过全书,没给我们时间思考,也没让我们的视线离开书页一会儿。我们是如此地全神贯注,以致即使有人在屋里走动,那动作似乎也不是发生在这儿,而是发生在约克郡。作者把我们捏在手心里,强迫我们沿着她的路走,让我们看她所看到的东西,从不离开我们哪怕是一刹那,或者允许我们忘记她。最后,我们终于沉浸在夏洛蒂·勃朗特的才华、激情以及愤慨之中。非同寻常的面孔、轮廓线条强健的人物以及乖戾的相貌在我们面前一一闪过,但那是通过她的眼睛我们才得以看到他们。她一旦离去,我们就无法找到他们了。想起罗切斯特,我们就不得不想到简·爱;想起旷野荒原,简·爱又浮现出来;想起起居室(夏洛蒂和艾米莉·勃朗特具有很多同样的色彩感。"……我们看见,——啊,它可真美啊!——一个光彩夺目的地方,铺着猩红色的地毯,桌椅也用猩红色的桌布和椅套,纯白的天花板镶着金色的边缘;它的中间,一大束玻璃坠子用银链垂吊下来,被那些光线柔和的小蜡烛照得闪闪发亮。"(《呼啸山庄》)"然而,这不过是一个很漂亮的会客室罢了,在它的里面是一间闺房。两个房间都铺着白色的地毯,上面似乎印着色彩鲜艳的花环。两个房间的天花板都是雪白的,上面浮塑着白色的葡萄和藤叶,而在它的下面,猩红色的睡椅和卧榻与之形成了色彩丰富的对照。灰白的巴黎式炉架上的摆设装饰是用红宝石色的波希米亚玻璃做的。两扇窗子中间，大镜子反映着那雪与火的交相辉映。"（《简·爱》）甚至是只想起那些"似乎印着色彩鲜艳的花环的白色地毯"，那个"灰白的巴黎式炉架"以及"红宝石色"的波希米亚玻璃与"雪与火的交相辉映"——如果没了简·爱，这一切又算得了什么呢？

简·爱类人物的缺陷并不难发现。总是一个家庭女教师，总是坠入于情网之中。在一个毕竟是充满了职业各不相同、情感并非总是投入的各种人的世界上，这无异是一个严重的局限性。与这些人物相比，简·奥斯丁的一部书或是托尔斯泰一部作品中的人物就呈现出了许许多多的方面。他们活着，而且通过他们对那些以侧面映现他们的许多不同人物的影响，使自己复杂起来。不论他们的创造者是否注意着他们，他们都在四处走动，而他们所生活的世界则看起来似乎是我们可以去拜访的一个地方，因为他们已经把它给创造出来了。在个性的力量和视野的狭隘方面，托马斯·哈代与夏洛蒂·勃朗特是比较接近的，但是差距也是巨大的。当我们阅读《无名的裘德》时，我们并不急于读完它。我们沉思默想，离开正文而随着思绪飘移，在人物的周围营造出一种询诘与建议的氛围，对此人物自己倒往往是并没意识到的。

既然他们只是些单纯的农民,我们就不得不让他们去面对着种种命运和具有极大内涵的疑问,结果在哈代的小说中,看起来似乎就是那些没名没姓的人却成了重要人物。对于这种能力,这种推理性的好奇心,夏洛蒂·勃朗特是毫不沾边的。她并没打算去解决人类生存的问题,甚至都不清楚这种问题的存在。她所有的力量——这力量由于受到限制而更趋有力——全都倾注到这样的断言中:"我爱","我恨","我痛苦"。

以自我为中心和自我限制的作家有一种抵制较为广泛和开通的东西的能力。他们的印象在他们那狭隘的墙壁之间被紧紧地闭塞起来,而且打上了深深的印记。从他们的心里产生的东西无不刻上了他们的印痕,他们几乎不向别的作家学习,而他们所采纳的东西又无法为其吸收。哈代和夏洛蒂·勃朗特看来都是在一种拘谨而正经的报刊文章的基础上建立起他们的个人风格的。他们散文的主要成分都是笨拙且桀骜不驯的,但是通过艰苦的劳动以及极其顽强的整体性,他们把每一种思想都糅合为文字,为自己铸造出了一种完全适合于他们思想的模式的散文,而且使之具有一种独特的美感、力量和敏捷。夏洛蒂·勃朗特至少不是因为广泛的阅读才写得好,她从未曾学会职业作家的那种行文流畅,或者获得任意堆砌以及支配文字的能力。"我永远也不会从容地与强有力的、考虑周全的以及温文尔雅的心灵沟通,无论对方是男的还是女的。"她就像一个外省杂志的主导作家可能写的那样写道,但是逐渐地聚集着火与速度,用自己那真诚的声音继续说下去,"直到我越过传统保留的外围工事,跨进自信的门槛,在他们内心的炉火旁赢得一席之地。"她就在那儿坐着,那内心之火闪烁着的红色光芒使她的书页熠熠发亮。换言之,我们读夏洛蒂·勃朗特的作品,不是因为她对人物的细密观察——她的人物都是生机勃勃而线条简单的;也不是因为她书中的喜剧因素——她的人物都是冷酷而粗鲁的;更不是因为她对人生的哲学见解——她的见解无非是一个乡村牧师女儿的见解,而是因为她作品中的诗意。或许所有那些与她具有相同的不可抗拒的个性的作家都是这样,因而,就如我们在现实生活中所说的,他们只要打开门,让他们自己被人感觉到就行了。在他们身上有一种未驯服的凶猛力量在始终如一地与已被接受的事物秩序战斗着,使他们渴望马上进行创造,而不是耐心地去观察。就是这种热情在抵制着部分的阴影和其他次要的障碍,避开普通人的日常行为迂回地前进着,并且与他们那难以言喻的激情结成了同盟。它使他们成为诗人,或者如果他们选择写散文的话,则使他们无所拘束。因而正是由于这一点,艾米莉和夏洛蒂姐妹俩才总是求助于大自然。她们俩都感觉到：需要某种比言语和行动所能传达的都更为有力的象征来表现人类天性中巨大的、潜伏的种种激情。在她最好的小说《维列蒂》中，夏洛蒂以描写一场暴风雨作为结束。"天空昏暗低垂——一艘来自西方的遇难船只；云彩变幻成各种各样奇特的形状。"就这样，她借用大自然描述了一种不如此就无法表达的心境。然而这两姐妹对于大自然的观察都没有像陶乐赛·华兹华斯[①]那样准确，也不如丁尼生描绘得那样精细。她们所抓住的是这大地上和她们自己所感受到的或者赋予书中人物的那些东西最为接近的一些方面，因此，她们笔下的风暴、沼泽、夏季那可爱的空间，都不是用来点缀一页索然无味的文字的，也不是显示作者观察力的装饰品——它们携挟着的是情感，标示的是作品的意义。

一部作品的意义，往往不在于所发生的事和所说的话，而是在于本身各不相同的事物与作者之间的某种联系，由此这意义必然是难于掌握的。而当作者像勃朗特那样：富于诗意、要表达的意义和使用的文字不可分离、而意义与其说是一种独特的观察毋宁说是一种情绪时，情况就尤其是如此了。《呼啸山庄》是一部比《简·爱》更难懂的书，因为艾米莉是个比勃朗特更伟大的诗人。

[①] 陶乐赛·华兹华斯（1771—1855），作家，英国十九世纪著名诗人华滋华斯之妹。出版有日记、书简多种。

当夏洛蒂写作时,她以雄辩、华丽和激情在诉说着"我爱"、"我恨"、"我痛苦"。她的体验虽然更为强烈,却与我们处在同一个水平上。可是在《呼啸山庄》中,却没有这个"我",也没有家庭女教师,没有主人。书中有爱,但不是男人和女人之间的那种爱。艾米莉是被某种更为普遍的观念所激励着。驱使她去创造的冲动并非是她自己的痛苦或遭受的伤害。她看到一个四分五裂、混乱无序的世界,且感到自己有能力在一部书中把它合为一体。这种巨大的抱负在整部书中都可以感觉出来——这是一场斗争,虽然受到很大挫折,但仍信心百倍。这场斗争的目的是通过她的人物之嘴来诉说某种东西,但不仅仅是"我爱"、"我恨",而且是"我们,整个人类"和"你们,永恒的力量……"这句话一直没说完。情况如此也并不奇怪,令人惊异的倒是她能够使我们感觉到她心里要说的话。在凯瑟琳·恩肖[①]那不太清楚的话语中,它涌现了出来:"如果别的一切都毁灭了,而他还留了下来,那我就能继续存在;如果其他的一切都留了下来,而他却毁灭了,那宇宙就会成为一个极其陌生的地方,我就将不再像是它的一部分了。"在死者面前,这内心的话又迸发出来:"我看到了一种无论人间或地狱都无

---

① C.恩肖,《呼啸山庄》中的主要人物。

法破坏的安息,我感觉到了对那无穷无尽、无形无影的来世的一种保证——他们已进入了永恒——在那儿,生命无限地延续,爱情无限地和谐,欢乐无限地充溢。"正是对于这种潜伏于人类本性的幻象之下的力量升华到崇高境界的暗示,使这部书在其他小说中显得出类拔萃,形象宏伟。然而,对于艾米莉·勃朗特来说,写几首抒情诗,呼喊一声,表达一个信念,那是不够的。在她的诗歌中,她曾彻底地做到了这一点,而她的诗也许会比她的小说更留芳人间。然而她是诗人,也是小说家,她必须承担的是一种更为艰苦但徒劳无功的任务,她必须面对其他存在的事实,与外部事物的机制作斗争,以辨认得出的形态来建立农庄和房舍,并且报道她本身之外的男男女女的言论。所以,我们达到这些情感的顶峰并非借助于慷慨陈词或是狂言乱语,而是靠着听到一位坐在树杈上摇晃着的姑娘独自吟唱着古老的歌谣;看到荒野中的羊群在啃着青草;听见柔和的风在青草间吹动。那个庄园里的生活,它所有的不合理以及未必会有的事就都呈现于我们的眼前了。我们获得了充分的机会去比较"呼啸山庄"和一个真正的庄园,去比较希刺克厉夫[①]和一个真正的男人。我们被允许询问:在这些与我们自

---

① 希刺克厉夫为《呼啸山庄》的男主人公之一。

己通常所见的人们迥然相异的男人和女人中间，怎么会有真实性、洞察力或那些更为精细的情感呢？然而，甚至在我们提问之时，我们就已在希刺克厉夫身上看到了一位天才的姐姐准能看到的那个兄弟。我们认为他这样的人物是不可能存在于现实中的，可尽管如此，在文学中却没有比他更为生动的少年形象了。在凯瑟琳母女那儿，情况也一样。我们以为没有任何女人会有她们那样的感受，或者会以她们的方式来行动，然而不管怎样，她们却是英国小说中最可爱的女人。艾米莉似乎能够把我们借以认识人类的所有一切都撕个粉碎，然后把如此强盛的生气灌注到这些不可辨认的透明体中，以致它们都超越了现实。所以，她的力量是一切力量中最为罕见的一种。她可以把生活从对事实的依赖中解脱出来。寥寥几笔就可点明一张脸后面的精神世界，从而使身体成为赘余之物；而一说起荒原，就可使人们已闻狂风呼啸，雷声轰鸣了。

妇女和小说[1]

本文的题目可以从两个方面理解：可以指女人和她们写的小说，也可以指女人和写她们的小说。这里的含糊其辞是有意的。谈论女性作家需要尽可能大的伸缩性，必须给自己留点余地，以便讨论她们的作品之外的其他事物，因为这些作品常常深受一些与艺术毫不相干的因素的影响。

即使是最肤浅地考察一下女性写作，也会立刻引出一大堆问题。我们当即会问，为什么十八世纪以前没女性的作品源源不断出现呢？为什么自那以后她们就几乎像男人一样常常写作，并且生产出了一部又一部英国小说的经典之作呢？为什么她们的艺术当初要、如今在一定程度上仍然要采取小说的形式呢？

稍加思索就会明白，对于提出的问题，我们所能得到的回答只是更进一步的虚构。今天答案仍尘封在被塞入古旧的抽屉中的古旧日记里，仍埋没在老人的记忆中

---

[1] 此文最初刊于《论坛》1929年3月号，后收入《花岗石与虹》（1958）一书。

几乎被忘却。我们将在卑微的无名之辈的生活里——在历史的那些没有被照亮的过道里——找到答案;世世代代的妇女人物都挤在那幽暗中,只偶尔为人瞥见。关于妇女,人们所知甚少。英国的历史是男性家系的历史,而不是女性的。对于父辈,我们多少总了解一些情况,知道他们的卓异之处。他们或是步兵或是海军,或是出任公职或是制定法律。但是关于我们的母亲、祖母和曾祖母们,有什么流传了下来?只有传说。某一位很美;某一位长着红头发;某一位曾被皇后亲吻过。除了她们的名字,她们结婚的日子和所生的子女的数目,我们对她们一无所知。

因此,如果我们想知道在某个特定的时期里女人们为什么做这件事或那件事,为什么她们不动笔写作,或者相反,为什么她们创作了传世佳作,每每很难找到答案。若有人去爬梳考查那些陈年旧书信笔记,去把历史里外颠个个儿并正确地描画出莎士比亚、弥尔顿以及约翰逊时代的妇女日常生活的图景,他/她肯定不但会写出一部极为有趣的书,而且将为批评家提供一种他们迄今尚缺乏的武器。出类拔萃的女性依赖平凡的妇女。只有当我们知道了寻常女人的生活状况——她有几个孩子,她本人是否有经济来源,她是否有一间自己的屋子,她在养育儿女时是否得到帮助,她家里是否有仆人,她是否要承担部分家务——只有当我们考查了平常女人所可能有的生活方式和生活经验，我们才能揭示那些不寻常的女性作为作家成功或失败的原因。

似乎常有奇特的沉默阶段将一个活跃期与另一个分隔开来。基督出生前六百多年之际在某个希腊岛屿上有萨福[①]和一小群女人写诗。后来她们沉默了。然后在公元一千年左右我们又发现日本有一位宫廷贵妇，即紫式部夫人[②]，写了一部很长很优美的小说。但在戏剧家和诗人无比活跃的十六世纪的英国，妇女却噤口无言。伊丽莎白时代文学是清一色的男性文学。此后，在十八世纪末十九世纪初，我们看到妇女又开始写作——这一次是在英国——写得很多，而且成就斐然。

当然，在很大程度上是法律和习俗造成了这奇特的间歇性的缄默和发声。如果一个女人不肯嫁给父母选中的男人，就很可能被推来搡去地殴打，像在十五世纪那样，那种精神氛围总归无益于艺术作品的产生。如果像在斯图亚特王朝，人们不得本人同意就可把一个女子嫁给某个男人，而那人此后便成了她的老板和主子，"至少依据法律和习俗他理当如此"，那么她恐怕很少能有时间、更得不到什么鼓励去进行写作了。在我们这个精神

---

① 萨福，古希腊女诗人。
② 紫式部（978—1015），日本女作家，《源氏物语》一书的作者。

分析的时代，人们已经开始意识环境和社会导向对思想的巨大影响。借助回忆和信札，我们也开始理解创作艺术作品需要怎样非凡的努力，艺术家的头脑需要怎样的保护和支持。我们从济慈、卡莱尔[①]和福楼拜等人的传记和书信中可确知这一点。

因此，很显然英国十九世纪初妇女小说的非同寻常的兴起是以无数法律上、习俗上和举止上的细微变化为前导的。十九世纪的妇女有了一些闲暇，受到了若干教育。中等或上等阶级女性自主选择丈夫已不是罕见的例外事件。而且值得注意的是，四位伟大的女性小说家——简·奥斯丁、爱米莉·勃朗特、夏洛蒂·勃朗特和乔治·艾略特——都不曾生育子女，其中两人从未结婚。

虽说不准写作的禁令显然已经解除，可是看来那时似乎仍有相当的压力使妇女局限于只写小说。这四位女作家的天分和性格大相径庭，其他任何四个女人的差距都不会更大。简·奥斯丁和乔治·艾略特全无近似之处；乔治·艾略特与爱米莉·勃朗特截然不同。可她们的教养使她们都进入了同一种职业；当她们写作时，她们都选择了写小说。

对女人来说，小说曾经、并仍然是最容易掌握的一

---

① 卡莱尔（1795—1881），英国散文家、历史家。

种文体。其原因也不难找寻。小说是最不需要精神高度集中的艺术形式。与戏剧和诗歌相比,小说写作比较容易,可以随时捡起或放下。乔治·艾略特放下写作去照料父亲。夏洛蒂·勃朗特暂时搁笔去剜土豆的芽眼。女性生活在公共客厅里,时时被人环围,她对于潜心观察和分析性格可谓训练有素。她被训练成为小说家而非诗人。

即使到了十九世纪,女人也几乎完全生活在她的家庭和她的情感中。尽管十九世纪的女性小说很出色,但女作家由于其性别而被排斥于某些经验之外这一事实仍在其作品上留下了深刻的烙印。无可争辩,经验对小说有巨大的影响。如果康拉德[①]无法当水手,那他小说中的最精粹的部分就会丧失。托尔斯泰作为军人对战争十分了解,他是个受过良好教育的有钱的年轻人,可以接触社会的方方面面,对人生和社会阅历丰富,如果剔除了这些,《战争与和平》将大大贫乏许多。

可是,对于《傲慢与偏见》、《呼啸山庄》、《维莱特》[②]和《米德尔马契》[③]的作者来说,除了中产阶级客厅的场景以外,其他所有经验的大门都是关闭的。对于战争、

---

① 康拉德(1857—1924),英国小说家,作品多以海上生活为题材。
② 《维莱特》一书的作者为夏洛蒂·勃朗特。
③ 《米德尔马契》一书的作者为乔治·艾略特。

航海、政治和经商，她们都不可能有第一手的经验。甚至连她们的感情生活也受到法律和习俗的严格制约。当乔治·艾略特冒险和刘易斯先生未婚同居时，公共舆论一时愤愤。迫于压力，艾略特不得不到城外闭门隐居，这无疑极大地损害了她的创作。她写道，除非人们主动要求来看望她，她绝不邀请客人。然而在同一时期，在欧洲的另一方，托尔斯泰正在从军，在和各阶层的男男女女交往，过着自由自在的生活，也从来没有人因此责难他。而他的小说所具有的惊人的广度和生气在很大程度上来自这种经验。

作者经验的不可避免的狭隘性不是影响其小说的唯一因素。妇女小说还显示了另一个与作者性别有关的特征，至少在十九世纪如此。在《米德尔马契》和《简·爱》中，我们不但能感受作者的个性，就像能感受狄更斯的个性那样，还会意识到女人的存在——意识到一个为妇女的待遇而愤懑并为其权利而呼吁的女人的存在。这使妇女作品具有某种男人作品中所没有的因素，除非那男人是工人、黑人或由于其他什么原因而感到身处逆境。这导致某种歪曲，并常常造成缺陷。想为某个切身的事业申辩或让人物作传声筒表达个人的不满和冤屈，每每有令人不安的副作用，就像是，读者注意力的焦点突然变成双重而不是单一的了。

奥斯丁和爱米莉·勃朗特能够不理会这类恳请和要求，不为别人的蔑视或责难所动，我行我素，这是她们的天才最令人信服的体现。然而，抵制愤怒的诱惑需要十分澄明或十分坚强的心智。从事艺术活动的女性总是遭受嘲弄或责备，总被人以这样那样的方式证明为逊色一筹，这些自然会引起恼恨和不平。我们在夏洛蒂·勃朗特的愤怒和乔治·艾略特的隐忍中都能认出这种反应。在一些二流的女作家那里更是可以时时见到这种情绪，表现在她们所选择的题材，以及她们的不自然的逞强好胜或不自然的温良驯顺。更甚的是虚伪态度的广泛渗透。她们屈从于权威，其想象变得或是太男性化，或是太女性化，从而失去了自身的完美整体性，也即失去了艺术的最根本的品质。

妇女写作中潜移默化地发生的巨大变化似乎是态度的改变。女作家们不再愤愤。她不再恼怒，写作时不再请命或抗议。如果说我们尚未达到，我们至少正在接近一个新时代，那时妇女将很少、或完全不受非艺术因素的影响。她将可以专注于艺术想象而不受其他事物的干扰。过去唯有天才和独创性才会达到的超然境界，在今天已可能为普通妇女所企及。因而今日妇女的小说远比一百年或五十年以前的更加名副其实、生趣盎然。

不过，即使现在，一个女人若想随心所欲地写作，也仍将面临许多困难。首先有个技术性的问题——即，对她来说语句的形式不得心应手。这看起来非常简单，实际上却极为棘手。现有的语句是男人编造的，它们太松散，太沉重，太庄重其事，不合女性使用。而小说的覆盖面是如此宽，作者必须找到一种寻常的、惯用的语句，以便把读者轻松自然地从书的一头带到另一头。因此女作家必须自己创造，将现有的语句修改变形，使之适合她的思想的自然形态，使之既不压垮、也不歪曲她的思想。

而这仅只是实现目的的一种手段而已。一位女性唯有具备克服困难的勇气和忠于自己的决心，才能着手开始实现目标。小说归根结底是关于千万不同的事物——关于人、关于自然、关于神——的陈述，是使所有这些事物联系起来的尝试。在任何一部有价值的小说里，这些相异的因素都因作者的想象的力量而各就其位。但这些因素也具有另外一种秩序，即常规所加诸于它们的秩序。由于常规的仲裁者是男人，他们在生活中建立了一系列的价值秩序，而小说在很大程度上依据生活，因此男人的价值观念在小说中也是举足轻重的。

然而，不论在生活中还是在艺术中，女人的价值观都可能与男人的不相同。因此，当一名女性动笔写小说时，她会发现自己总想更正现存的价值观——想认真地对待那些在男人们看来无关紧要的事，并使那些他们认为重大的事显得无聊。于是她自然会因此而受到指摘，因为属于另一性别的批评家对这一试图改变现行价值尺度的尝试实在大惑不解，惊诧万分。他从中不仅会看到见解的不同，而且会因为女性思想与自己的识见出入甚大，便认为它们是无力的，琐碎的，或感伤的。

但是在这方面妇女也变得更有独立见解了。她们开始尊重自己的价值感受。由此她们的小说题材显示出某种变化。她们似乎变得不再那么专注自身，而是更多地关心其他的女人。在十九世纪初期，妇女的小说在很大程度上是自传性的。她们写作的动机之一就是想披露自己所经历的苦难并阐扬自己所拥戴的事业。如今这种愿望已不再那样迫切，妇女开始探讨考察自己的性别，开始以前所未有的新方式来写女性。因为，不言而喻，直至最近为止，文学中的妇女形象都是男人塑造的。

这里就又遇到了有待克服的困难。因为，总体说来，女性较之男人不仅更难于透彻观察，而且她们在日常生活的进程中受到的测验和检查都要少得多。女人一天的活动常常不留任何有形的成果。烹制好的食品被吃掉了；养育大了的子女离家走进了世界。重点何在？哪里是小说家可以大作文章的关节之处？很难说。她的人生有一种无名氏特征，令人极难把握。这一黑暗中的国度第一次在小说中被探查。此外，妇女开始步入某些社会职业，女作家也要记录这一新情况在她们的思想和习惯中引起的变化。她需要观察妇女的生活怎样由地下转向地上，需要发现她们暴露于外界后，身上出现了哪些新的色彩和层次。

因此，如果有人想总结当前妇女小说的特征，他／她会说它是勇敢的，真诚的，与妇女们的所感所知密切关联的。它并非怨恨十足。它并不一味强调自己的女性特质。但另一方面，妇女作品的写法确实与男人不同。上述特征现在比过去普及得多了，这使某些二流甚至三流的作品都因其真实和诚挚而具有价值，引发兴趣。

除了上述优点以外，还有两个特征应得到进一步的讨论。英国妇女从一种无可名状的波动而模糊的存在变成为选举人、领取工薪者和有责任感的公民，这一转化使她的生活和艺术都趋向非个人化。她的人际联系不再仅只是感情的，而且也是知识的和政治的了。在旧制度下，她只能通过丈夫或兄弟的眼睛或势力旁敲侧击地对世事提出疑问，如今她不再止于影响他人，而是为自己的直接的和实际的利益采取行动。因此她的注意力也必然从过去所唯一专注的私人问题转向非个人问题，她的小说自然而然包含了更多的社会批评，对个人生活的分析却有所减少。

社会牛虻的角色过去一直专由男人担任，我们可以指望今后妇女也将发挥这一作用。她们的小说将涉及社会弊端及其救治措施。她们的男女人物将不仅仅在相互的感情关系中，而且也在团体、阶级和种族关系造成的联合或冲突中被展示。这一变化相当重要。不过，对于喜欢蝴蝶甚于牛虻，即喜欢艺术家甚于改革者的人来说，另一变化会更有兴味。这就是，妇女生活的日益增加的非个人性将鼓励诗的精神。而迄今妇女小说中最薄弱的就是诗意。这会使她们不再那样一味注重事实，不再满足于以惊人的准确性描述她们碰巧观察到的种种细节。她们把目光投向私人关系和政治关系以外，投向诗人所试图探讨解决的有关我们的命运和生活意义的更广博的问题。

当然，诗意态度的根基在很大程度上是建立在物质的事物之上的。它有赖于闲暇，有赖于一点儿钱，以及钱财和空闲所能提供的冷静地、超越个人地观察事物的机会。有了钱和闲暇，妇女自然会比以往都更多地用心于文字的技艺。她们将更充分、也更精妙地利用写作工具。她们的技巧会更大胆、更丰富。

过去女性作品的长处往往在于天籁自发，如山鸟或画眉的啼啭。它们不是学来的，而是发自内心的。但是它们也常常太饶舌、太闲谈式了——不过是些谈话被泼洒到纸张上，并凝固成点点片片。将来，妇女们有了时间、书籍并在家里占据了一小块属于自己的空间，文学之于妇女就将像对于男人一样，成为一种被研习的艺术。女人的天赋将得到训练和加强。小说将不再是倾倒个人情感的场地。它的位置将超过今天，将进一步成为像其他体裁一样的艺术品，其来源和局限都得到考察探究。

由此只须前进一小步就到达了至今妇女很少涉足的精深艺术的领域——即散文、批评、历史以及传记的写作。为小说着想，这一发展将是有益的。它不仅有助于提高小说本身的质量，而且能把那些本来志趣不在于此、只因为写小说容易可行才写小说的人吸引开。这样，使现今的小说臃肿不堪那些多余的历史和事实的排泄物就可以被清除。

因此，我们或许可以预言说，将来妇女写的小说会少一些，但质量更好；她们会不但写小说，也写诗歌、批评和历史。这一预言无疑包含了人们对一个美妙的黄金时代的向往，那时妇女将拥有她们长期以来所被剥夺的东西——空闲、钱财和属于自己的一个房间。

论现代小说[1]

对于现代小说所作的任何考察，即使是最为自由和最为随便的，也难免不让人认为：这门艺术的现代实践，不知怎地只是基于旧时小说的一种改进。可以这样说，以他们那简陋的工具和原始的材料，菲尔丁[2]就干得不坏，而简·奥斯丁则更为出色，但是他们的机会哪堪与我们的相比较啊！他们的杰作确实具有一种奇特的简洁格调。然而，在文学和某种过程——比如说，汽车制造的过程——之间的类比，除了初次目睹之时，几乎不可能是适用的。在以往的数世纪中，虽然我们在机器制造方面长进了不少，但在文学创造上是否也有所获，则是大可怀疑之事了。我们并没有逐渐写得更好，据说我们所能做的一切就是保持时而在这个方向上，时而在那个方向上稍有进展，而且，如果从足够的高处观察，这整个的轨迹还具有一种循环的倾向。毋庸赘述，我们并没

---

[1] 本文写于1919年，收入伍尔芙1925年出版的随笔集《普通读者》。
[2] H.菲尔丁（1707—1754），英国著名小说家，其现实主义作品对欧洲小说发展的影响很大。

要求立于——即使是短暂的——那有利的地位上。站在平地上、立于人群中、尘封双眼的我们怀着妒嫉回顾那些快乐幸福的战士。他们的战斗已经获胜，他们的战果是如此的清晰可睹，令人难忘，以至我们禁不住要窃窃私议：他们的战斗并没有我们的那样激烈。当然这些得由文学史家来决定，由他来判说我们现在是处在一个伟大的散文小说时期的开端或结尾呢，还是处于它的中间。因为置身于平地，所视毕竟有限。我们只知道某种谢忱和敌意会赋予我们以灵感；某些道路似乎通向肥土沃原，而另一些则通向垃圾堆和沙漠。为此花费些笔墨，或许还值得一试。

自然，我们的论辩并非针对那些古典作家；而且，如果说到我们与威尔斯[①]先生、贝内特[②]先生、高尔斯华绥先生争论，那它的部分原因也是在于这样一个纯粹的事实：他们的肉体存在，使他们的作品具有一种活生生的、日常性的缺陷，而这种缺陷又让我们能有选择地对之放肆和不恭了。但是同样确凿无误的是，在我们对于这几位作家的诸多贡献表示谢意的同时，我们还保留着对哈代先生、康拉德先生，以及在极小的程度上，对

[①] H.G.威尔斯（1866—1946），英国著名作家。
[②] A.贝内特（1867—1931），英国作家，作品多写其故乡，带有自然主义色彩。

《紫色的土地》、《绿色大厦》、《遥远之地与很久以前》的作者赫德森先生的无条件的感谢。威尔斯先生、贝内特先生以及高尔斯华绥先生曾激起过如此众多的希望,又连续不断地让人失望,因此,我们主要是感谢他们向我们显示了他们本该完成却未能如愿的事情,指明了我们肯定不能去做,但是也许同样肯定不愿去做的事。一言半语,概括不了我们不得不施之于他们作品的那种指责与不满,这些作品卷帙浩繁、品性不一,既让人钦佩,又令人失望。如果我们试图以一句话来表示我们的意见,我们就会说,这三位作家是唯物主义者。因为他们关心的不是精神,而是肉体。正是这一点使我们感到失望,也留给我们这样一种感觉:英国小说越快背离他们(尽可能地彬彬有礼)而去——即使是去沙漠也罢,对其灵魂就越有利。自然,一句话绝不可能一箭三"雕"。仅就威尔斯而言,他就脱靶甚远。然而即使如此,这句话也向我们的思维指出了他的天才中所搀混着的致命的杂质,指出了与他那纯净无瑕的灵感混合在一起的大块泥巴。但是贝内特先生,因为他是三人中最为出色的工匠,或许也是其中最糟糕的罪魁祸首了。他所写的书,结构紧凑,无懈可击,以至对于最为吹毛求疵的批评家来说,也难于看出何处有隙可乘——并没有什么东西像窗框上的缝隙或木板上的裂痕。然而,如果生活拒绝住在其中,那又会怎样呢？这是一种风险。《老妇的故事》①、乔治·卡农、爱德温·克莱汉厄②以及其他许多人物形象的创造者可能会声称他已克服了这种风险。他的人物们都过着丰衣足食甚至是出人意料的生活。但是问题仍然存在：他们是怎么生活的？他们为什么而生活？在我们看来，他们越来越像是要抛弃在法伍城精心营造的别墅，以便能在火车的头等软席车厢里，不停地拉铃按钮来消磨时间；而他们如此奢华的旅行的目的也变得越来越明白无误：在布赖顿的最好饭店里享受其永生之乐。然而威尔斯先生，虽然也极其喜欢把他的故事构架得紧凑结实，却无法说他是因此而成为一个唯物主义者的。他那宽宏博大的同情心不允许他把太多的时间花费在使事物整齐结实上。他所以是一个唯物主义者，只是因为他那纯粹的善心。他把本应由政府官员承担的工作搁到了自己的肩膀上，在过多的见解和事实面前几乎没有余暇去认识，或者疏忽了他笔下人物的粗鲁和原始性。他的尘世和天堂无论现在和将来，都只是他的琼斯们与彼得们③的所居之地。难道还有比这更厉害的批评吗？无论慷慨的创造者给他们提供了什么制度和理想，难道不是他们本性中的

---

① 《老妇的故事》是贝内特的作品之一。
② 卡农和克莱汉厄都是贝内特小说中的人物。
③ 琼斯与彼得都是威尔斯小说中的人物。

低劣使之全都黯然失色吗？虽然我们深深地钦佩高尔斯华绥先生的正直与仁慈，但在他的书中，我们也不会找到我们所寻求的。

如果我们在所有这些书上贴一张"唯物主义"的标签，其意无非是他们所写的无关紧要，他们花费了非凡的技巧和无比勤勉使琐碎的和暂时的东西显示出真实和永恒的模样。

我们必须承认，我们是在吹毛求疵，而且我们还发现，想要通过解释我们所苛求的是什么来证明我们的不满意，那是相当困难的。我们所提的问题在不同的时候也各不相同。不过在我们长叹一声，丢下已看完的小说时，这个疑问会极顽固地一再出现：值得看这书吗？所有这一切的意义何在？会不会是这样的情况：由于人类的心灵似乎时时会有的那种小小的偏差，贝内特先生在带着他那令人惊叹的器械下来捕捉生活时，往错误的方向挪过去了一二英寸？生活于是溜之大吉，而没有生活，或许也没有别的什么还值得一提了。不得不使用像这样一个比喻，所显示的是一种模糊性，但是像批评家倾向于做的那样说及现实，我们的情况也不见得会更好些。如果承认所有的小说批评都为这种模糊性所苦恼，何妨让我们冒险提出这样一种见解：对于我们来说，当前最流行的小说形式常常是错过，而不是获得我们所寻求的东西。不管我们把它称为生活还是精神，真实还是现实，这本质物已离去或前行，不肯再在我们所提供的如此不合身的服装里稍留片刻。尽管如此，我们仍然继续百折不挠地、自觉自愿地按照一个构思来炮制第二章后的巨幅长篇，而这个构思已越来越不似我们心中的想象之物了。为了证明故事具有生活的逼真性所花费的大量劳动，不仅是一种浪费，而且还由于错置而导致晦暗和遮蔽住了思想的光芒。作者似乎不是出于自己的意志，而是由某个强悍蛮横的暴君控制着，在他的奴役下提供着故事情节、喜剧、悲剧、爱的情趣以及一种可能性的氛围——给所有的一切都完美无缺地抹上一层防腐的香油，如果他笔下的人物真的活了过来，他们将会发现自己从头到脚，没有一处不合此时此刻的风尚。暴君的旨意执行无误，小说也完成得恰到好处。但随着时间的流逝，越来越经常发生的是，有时我们在这些充斥着因循守旧的东西的书页面前，会产生一种片刻的怀疑，一种反抗的情绪：生活真的就是如此吗？小说就该这副模样吗？

透过表象，生活似乎远非"就是如此"。不妨短暂地考察一下一个普普通通的心灵在一个平平常常的日子里的经历。心灵接受了无以计数的印象——琐碎的、奇异古怪的、转眼即忘的或者用锋锐的钢刀铭刻在心的。它们来自四面八方，宛如无数的原子在不停地淋洒着。在它们坠落时，在它们形成了星期一或星期二的生活时，侧重点与昔日不同，重要的时刻也位于不同之处。所以，如果作家是个自由自在的人而不是个奴隶，如果他能随心所欲地写作，而不是替人捉刀，如果他作品的基础是他自己的情感而不是习俗传统，那么，哪里还会有这种约定俗成的情节、喜剧、悲剧、爱情或灾难，或许也不会学庞德街的裁缝那样缝纽扣。生活不是一副副整齐匀称地排着的眼镜，生活是一片明亮的光晕，是从意识的萌生到终结一直包围着我们的一个半透明的封套。把这种变化多端、闻所未闻，无从界定的精神世界——不管它会显得何等的反常与复杂——传达描述出来，并且尽可能避免掺入异己之物与外在杂质，难道这不是小说家的任务吗？我们所吁请的并不仅仅是勇气和真诚，我们是在启发大家：小说的适当材料与习俗是有所不同的。

不管怎么说，我们就是试图以某种方式来界定几位青年作家——詹姆斯·乔伊斯先生是其中的佼佼者——的特性，这些特性使他们迥然有别于他们的前辈。他们企求更贴近于生活，更为真诚和更为精确地把激起他们兴趣和感动他们的东西保存下来，即使他们必须抛弃大部分通常小说家都遵循的惯例也在所不惜。让我们按照坠落的次序记录下那些落到心灵上的原子，让我们去追踪那表面上是极其无关联、不协调的模式，这些模式把每一个细节或情景都纳入其有意识的麾下。让我们不要理所当然地认为,生活中公认为是重大的事物要比公认为是渺小的事物显得更为丰富多彩。读过《一个画家青年时代的画像》,或者读过现在刊登在《小评论》上、已显示出将是更为有趣味的作品《尤利西斯》①以后,任何人都将会就乔伊斯先生的意图冒险地提出一些这种性质的理论。就我们而言,眼前只有一个片段就发议论,与其说是心中有底,不如说是颇有风险。但是不管全书的意图会是什么,毫无疑问的是,它具有极端的真诚,其结果——我们可能会认为是难以理解或令人不快的——也有着无可否认的重要性。与那些我们称之为唯物主义者的作家相比较,乔伊斯先生是个精神主义者。他所关注的是不惜任何代价来揭示内心最深处的火焰——它在大脑中闪电般地传递出自己的信息——的闪光。为了保存它,他们以大无畏的精神舍弃了所有似乎是偶然的东西,不管它们是可能性,或是连贯性,或是任何别的此类路标也罢。这些路标许多世代以来,在读者需要想象他摸不着、看不到的东西时,就被用于支撑其想象力。举例来说,在公墓的那个场景,以它的辉煌、它的可怜、它的不谐和、它那突然闪现的意义电光,确实无可怀疑地

---

① 乔伊斯的代表作,伍尔芙撰写此文时,该小说正在杂志上连载发表。

接近了心灵的本质,而且如此之贴近,在初次阅读时,我们无论如何都会把它誉为杰作的。如果我们所要求的是生活自身,那么在这儿我们确实拥有了它。不过,如果我们试图找出我们还希望说的别的东西,以及为什么如此有创造性的一部作品却不能与《青春》①或《卡斯特桥市长》——我们必须列举高水平的例子——相比较,我们发现自己还得苦苦摸索才行。这无法比较是因为作者心灵世界的相对贫乏,我们完全可以这样简单地说,并就此完事。然而有可能稍为进一步地进行探索,并且怀疑我们是否能把我们的这种感觉——处在一个明亮而狭小的房间里,感到局促隔绝而非开阔自由——归之于作者方法上以及心灵上的某种限制。是这种方法禁锢了作者的创造力吗?是由于这种方法才使我们感觉不到欢乐与高尚,而是被集中于一个从不容纳或创造——尽管敏感地在颤抖着——自身之外和超出自身的东西的自我吗?这种对卑微猥琐的重视——或许有点说教味儿——是否导致了枯瘪与隔绝的效果呢?或者仅仅是因为人们,尤其是当代人,在任何具有如此独创性的努力中,更容易感觉到它所缺乏的,而不是它所拥有的吗?无论如何,置身事外来考察各种"方式"总是一种错误。如果我们

---

① 《青春》为康拉德所写的短篇小说。

是作家，表达了我们所欲表现的内容的任何方式都是正确的；如果我们是读者，使我们更接近小说家意图的每一种方式也都是正确的。这种方式有助于我们更贴近我们准备称之为生活自身的那种东西。阅读《尤利西斯》难道没启悟我们，有多少生活曾被排斥在外；打开《项狄传》①甚或《潘登尼斯》②，难道没有使我们大吃一惊，并且由此而深信生活不仅有着其他的方面，而且还有着更重要的方面吗？

不管它会是什么情况，小说家目前所面临的问题，就像我们设想它在过去曾出现的一样，是策划能让他自由地描述他所选择的对象的种种手段方法。他必须有勇气去说：他所感兴趣的已不再是"这个"，而是"那个"；他必须仅仅从"那个"出发去构建他的作品。对于现代人来说，"那个"——兴趣之处——很可能就在心理学的那块晦暗之地。由此，侧重点立即就有所改变了，重点放到了在此之前一直被忽略的某些对象上；一种不同形式的轮廓——对于我们是难以掌握，对于我们的前辈是无法理解——也变得很有必要了。除了现代人，或许是除了俄国人之外，没有人会对契诃夫的那篇短篇小说《古雪夫》中所安排的情景发生兴趣。一些俄国士兵病倒

---

① 英国小说家 L. 斯特恩 (1713—1768) 的作品。
② 萨克雷的小说。

在一艘运送他们返回俄国的船只的甲板上。在对他们的交谈以及他们的某些想法作了简单的描述后,作者交代其中的一个死了,然后被搬走了,谈话在其他人中又继续了一段时期,直到古雪夫自己也死了,看上去"像一条胡萝卜或一条白萝卜"被扔进了大海。这篇小说的重点是放在如此出人意料之处,以至在最初看起来好像根本就没有重点。然后,当眼睛适应了房间里那昏暗的光线,分辨出各种事物的形状后,我们看出了这个短篇是何等的完美,何等的深刻,又是何等的——在契诃夫选择这个、那个以及别个,并把它们拢在一起以组合成新的东西时——忠实于他的幻象。但是我们不可能说"这是喜剧性的",或者"那是悲剧性的";我们也无法肯定这个含糊暧昧和未有结论的故事到底是否该叫做短篇小说,因为据我们所受的教导,短篇小说是应该简洁明白和具有结论的。

对于现代英国小说所作的最基本的评论,也难免不涉及俄国小说对它的影响。而如果述及俄国小说,人们就会不情愿地感觉到,除了他们的小说,任何其他的小说写作都是在白费心机。假如我们想了解人的灵魂和心肠,难道还有什么别的小说能让我们发现比它更具深刻性吗?假如我们厌恶我们自己小说中的唯物主义,那么他们中最微不足道的小说家却天生就有一种对于人类精神的自然的尊崇。"要学会去和人民打成一片……但是不要用头脑去同情——因为这是轻而易举之事——而是用你的全身心,用你对他们的爱去同情。"如果对于别人所受苦难的同情、对他们的爱、对于寻求某种值得心灵竭力追求的目标的努力造成的是一种圣洁,那么,在每一位伟大的俄国作家身上,都似乎能看到圣徒的特征。正是他们身上的这种圣洁性,使我们对自己身上的那种亵渎神圣的卑琐感到惶惑不安,并使我们的许多名著显得华而不实且玩弄技巧。对于如此胸襟坦荡、富于同情心的俄国人的心灵作的结论,或许不可避免地具有一种极度的悲哀。如要更精确些,我们实际上可以谈论一下俄国人思想中的无结论性,这是一个没有答案的问题,如果诚实地审视人生,所感觉到的只是生活在连续不断地提出问题(这种连续的提问,在故事于一种使我们充满了深深的,最后可能是恨恨的绝望之意的毫无希望的问话中结束后,仍是余音袅袅,不绝如缕)。他们或许是正确的,而且毫无疑问的是,他们比我们要高瞻远瞩,也没有我们那样的巨大的遮蔽视线之物。但是我们也许看到了一些从他们眼皮底下溜走了的东西,否则的话,这种抗议之声为什么会和我们的忧伤情绪融合起来呢?这种抗议之声是另一种古老的文明的产物,而那古老的文明在我们身上所培育的却好像是一种去享受和战斗而不是去受难和理解的本能。英国的小说，从斯特恩直到梅瑞狄斯，都在证明着我们对于幽默和喜剧、对于尘世之美、对于智力活动和人体壮观的一种天生的喜爱。但是把这两种相去甚远的小说放在一起比较后再从中抽绎出来的推论，都是全然无用的，这种比较仅会使我们充分地认识到艺术的无限可能性，并且提醒我们这艺术的地平线是绝无止境的，除了虚假和做作以外，没有任何东西——没有任何"方法"、任何"实验"，甚或是最为荒诞不经的"实验"——是禁忌。"恰当的小说材料"并不存在，一切都是恰当的小说材料，每一种情感，每一种思想，每一种大脑和心灵的特征都是取材的对象。没有什么感知的东西会是不称心如意的。如果我们能够在想象中让小说艺术具有了生命，并且就站在了我们中间，她肯定会吩咐我们去摧残她、恫吓她，同样也去捧她、爱她；因为只有如此，她才能返老还童，并且确保她的君临之力。

论现代散文[①]

正如莱斯[②]先生的真心所言,毫无必要对散文的历史和起源追根溯源:它究竟是源于苏格拉底呢,还是波斯人西拉尼[③]?因为就像一切现存的事物一样,其现状总是比过去更为重要。况且这一家族分布广泛。某些它的代表崛起于世界,头戴着无与伦比的桂冠;而另一些则在舰队街附近的贫民窟里苟延残喘。散文的形式也是千变万化,它可以长或者短;可以严肃或者琐屑;可以有关上帝和斯宾诺莎,或者有关海龟和彻普赛德街[④]。不过当我们翻阅完这五小卷包括从一八七〇到一九二〇年间写的散文集后,某些支配着这种混沌现象的原则便显现出来了,而且我们在所考察的这段时期的散文中还探查到某些类似于历史进步的东西。

然而,在文学的所有形式中,散文是最不要求使用

[①] 本文撰写于1922年,收入伍尔芙随笔集《普通读者》中。
[②] 欧·莱斯(1859—1946),英国著名的文学丛书编纂者。
[③] 西拉尼在波斯文学发展史上并非声名卓著的人物,作者在此是代称无名之辈。
[④] 伦敦中部的一条繁华热闹的大街。

长音节词的。支配它的原则很简单：它必须给人以愉悦。促使我们从书架上取下它来的愿望纯粹就是为了获得乐趣，散文中的一切都应该服从于这个目的。从第一个词开始，它就应该使我们陶醉；到最后结束时，我们才应如大梦初醒而且感到充满活力。在这期间，我们会经历到极其多样的欢娱、惊奇、意趣和愤慨的体验。我们会与兰姆一起翱翔于奇想的九重天上，或和培根一起深潜到智慧的海底，但是我们绝不可以被激得拍案而起。散文必须围住我们，并且在我们与世界之间拉起一道帷幕。

如此博大精深的技艺极少臻于完善，对此读者和作者都有过错。习惯和懒散使得读者兴味索然。一部小说有一个故事，一篇诗歌则有其韵律，可是，在篇幅如此短小的散文中，散文作家能运用何种技巧来使我们高度清醒和沉浸于一种迷离恍惚的状态之中呢？这种状态并不是沉睡，而是一种生命的强化——在各种人体的功能都活跃时于乐趣的阳光下敞开身心。他必须懂得——这是最为基本的——如何写作。他的学识可能和马克·帕蒂森[1]一样深湛，但是在一篇散文里，必须用写作的魔术把它融化开来，以便没有一件事实会突兀地出现，没有

---

[1] M. 帕蒂森（1813—1884），英国著名学者、传记作家。

一个训条会撕裂作品结构的表层。麦考莱[①]和福劳德[②]各自以自己的方式，一再完美地做到了这一点。他们在一篇散文中给我们灌输的知识，要比一百本教科书的无数章节所给予我们的还要多。可是，当马克·帕蒂森不得不在三十五小页的空间里给我们讲述蒙田的时候，我们感到他先前并未曾深切地理解 M. 格伦。M. 格伦是一位曾写过一本坏书的先生。M. 格伦和他的书本应该涂上防腐剂，以便能为我们提供那种类同于欣赏琥珀的持续的喜悦。但这是一个令人疲倦的过程，它需要比帕蒂森所能支配的更多的时间，或许是更大的耐心。他把 M. 格伦未经加工就端上桌来，而后者就像熟食中的一颗粗硬的干果，以致我们的牙齿势必为之永远地咀嚼。马修·阿诺德与某位斯宾诺莎的翻译家身上也发生过类似的事情。一板一眼的事实描述，为了被告的利益而事先对其吹毛求疵，这对一篇散文来说，都是不得其旨的。散文中的一切应该是为了我们，为了永恒，而并非仅仅为了《双周评论》的三月号。但是如果这种责备声永远都不该在如此窄小的地方听到，那么还有着另一种像蝗灾似的声音——一个昏昏欲睡地跌绊于松散的词语中，毫无目的地攫取着模糊的念头的人的声音。比如说，赫

---

① 麦考莱（1800—1859），英国历史学家和作家。
② 福劳德（1818—1894），英国历史学家、散文家。

顿[1]先生在如下章节中的声音：

> 他的婚姻生活非常短暂，只维持了七年半，是出于意外而中断的；他对他妻子的记忆和天才——用他自己的话来说，"一种宗教"——极其尊崇，除此之外，他必然还敏锐地感觉到，他无法在所有其他人的眼里不显得夸张，不显得像是处于幻觉中，然而，被那不可抗拒的内心渴望所控制，他仍试图用一切温柔和热情的夸张来体现这种渴望。可悲的是这种夸张发生在一个以朴实无华的风格成名的大师身上。所以人们不可能不感觉到米尔先生的生涯中所发生的那些人间琐事实在太可悲哀了。

一本书也许能承受这样的一击，然而对于一篇散文来说，则足以使它遭受灭顶之灾了。这样的写法对于两卷本的传记来说才是真正合适的，因为传记的体裁可以有更广的范围，外界事物的暗示和闪现又为之增色（我们提及的是维多利亚时代书卷的老种类），那些哈欠和伸懒腰几乎无足轻重，而且确实还具有某种自己的积极价值。不过，那种由读者也许是违法地赋予其的价值，必

---

[1] 赫顿（1826—1897），英国作家、教育家。

须被排除在外。这类读者想把他从各种可能的来源中获得的一切都尽量地塞进书里去。

在一篇散文中,绝无文学杂质的空间。不管用什么方法,是刻意求工或者是有赖于自然的慷慨,还是两者兼而有之,散文必须纯净——如水般、如酒般纯净,绝对地排除单调乏味、死气沉沉以及异质的沉淀。在第一卷的所有作家里,华尔特·佩特[1]最为出色地完成了这个艰巨的任务,因为在他着手写他的散文(《略论列奥纳多·达芬奇》)之前,他已着手将他的材料融会成一体。他是一个博学之士,但我们所记住的并不是有关列奥纳多的知识,而是一个整体的现象,犹如我们从一部致力于把作者的整体观念呈现于前的优秀小说中所获得的一样。只是在散文中,界限划分是如此严格,而事实又必须真实地加以利用,像华尔特·佩特这样的真正的作家,就使这些限制屈从于他们自己的特性。真理将赋予其以权威,从其狭隘的限制中,他将获得形状和强度,而后就再没有某些修饰成分的涉足之地了。这些修饰成分受到老作家的喜爱,可我们却蔑视地把它们称之为装饰成分。如今,再也没有人会有勇气染指对那位列奥纳多夫人一度著名的描绘了。

---

[1] W.佩特(1839—1894),英国散文家、唯美主义文艺批评家。

> 深知庄重的奥秘，曾是深海中的一位潜水手而天天与大海厮混；她与东方的商贾交换过奇特的织品。作为丽达，她是特洛伊的海伦的母亲；作为圣安娜，是玛丽的母亲……

这段文字过于雕琢了，因此都难于自然地衔接于上下文中。不过，一旦我们意外地撞见"女人的微笑和巨大水流的涌动"，或碰上"充满着死者的首饰，那死者身着暗土色寿衣，端坐于灰白色的石块中"，我们就会突然想到自己也有耳有眼，想起英语语言充溢着一长排有着无数单词的厚重书卷，且这些单词都不止有一个音节。唯一一个还在查看这些书卷的在世的英国人，当然是，一位波兰血统的先生。但是毫无疑问，我们的自制力省了我们许多口舌、许多华美的辞藻、许多好高骛远之举。由于清醒和冷静占了优势的缘故，我们应该愿意用托马斯·布朗爵士[①]的辉煌与斯威夫特的勃勃生气作交换。

可是，即使散文比起传记或者小说来更适合于使用突兀的直露和隐喻，而且还可以润色到其表层上的每一个原子都闪闪发亮，那其中也还是存在着危险。我们马上就要看到那装饰物了。不久，那奔流——文学的生命线，就要

[①] 托马斯·布朗（1605—1682），英国作家、医生。

变得迟缓起来；字句也不会那么闪烁发光，不再以饱含激奋的柔波向前推进，而是堆砌、凝聚成冰冻的小花；这小花如同圣诞树上的葡萄一样，只有一个夜晚光彩夺目，第二天就会尘蒙土掩，俗不可耐。主题越是微不足道，装饰的诱惑力也就越大。某人愉快地作了一次徒步旅行，或者自得其乐地闲逛过彻普赛德街，并观赏了斯威汀先生商店橱窗里的海龟，如仅是这样的事实，又有什么可以使他人感兴趣的呢？斯蒂文生和塞缪尔·勃特勒[①]选择了极不相同的方式来激发我们对这类日常题材的兴趣。斯蒂文生当然是反复地删改和润色，以十八世纪的传统形式来着手加工他的材料。他完成得相当出色和令人钦佩，可是我们也禁不住要感到焦虑，唯恐随着散文的展开，那材料会在这能工巧匠的手指下改变了形状。铸块是如此之小，而运作却又是无止无休，或许这就是为什么其结语：

> 静坐着沉思——回想着女人的面容而毫无欲念，赏叹着男人的伟大功绩而毫不妒忌，于同情中愿意献出一切，然而却又满足于你的现状——

会具有这样一种空洞的感觉，即直到文章结束时，他也

[①] S.勃特勒（1835—1902），英国小说家。

没有留下什么坚实的东西以供发挥。勃特勒采用的方法正好相反。按你自己的思路去思维,他似乎在说,尽你所能把它们平铺直叙地表达出来。商店橱窗里的那些海龟从外壳下向外探头伸脚,显示出对于一种确定观念的绝对信仰。就这样,毫不关心地从一个观念迈步到下一个,我们跨越了很大一片区域:我们观察到在求婚者身上的一个创伤是极其严重的事;苏格兰的玛丽女王因为穿着矫正畸形的靴子而深受托顿汉姆康特路上的马蹄铁店之累;并且把没有人真正关心埃斯库罗斯认为理所当然。于是就伴着这许多轶事趣闻和某些深刻的思考而达到了结尾:既然已被告知在彻普赛德街的所闻所见不应多于能写进《天地评论》那十二页中的内容,那他最好还是及时搁笔。然而勃特勒显然也像斯蒂文生一样地关注着我们的乐趣,而按本人的方法写却又不把它当作写作,要比像安迪生[①]那样写并且声称写得不错更算得是一种艰巨的风格练习。

但是,不管维多利亚时代的散文作家如何各不相同,他们中总存在某些共同之处。他们所写的文章篇幅要比现在通常的散文长得多,而为之写作的公众,不仅有坐下来认真阅读的闲逸时间,而且还具备很高的——或许是维多

[①] J. 安迪生(1672—1719),英国散文作家。

利亚时代公众所特有的——借以鉴别判断的文化水准。值得称道的是指出一篇散文中的重要方面。在写作中唯一可能的荒唐是曾经喜爱杂志上某篇散文的同一批公众,在一或两个月之内会再去仔细地阅读这篇又在书中出现的散文。然而从教养有素的少数读者到教养上有所欠缺的大批读者,情况确有所不同。当然这变化总的说来并不都糟。在第三卷里,我们发现了比莱尔[①]先生和比尔博姆[②]先生的作品。从中也许可以说,散文又有了趋于古典形式的倾向,而通过减少篇幅和降低声调中的某些成分,散文可以更接近于安迪生和兰姆的作品。无论如何,在比莱尔先生论述卡莱尔的文章和人们设想卡莱尔本会写的有关比莱尔的散文之间,存在着一条鸿沟。而在马克斯·比尔博姆的《围裙之云》和莱斯利·斯蒂芬[③]的《一位犬儒学者的辩解》之间,也很少有什么相似之处。但是散文是生机勃勃的,没有任何理由悲观绝望。当环境条件变化时,散文家——所有作家中对公众舆论最敏感者——也会同样调整自己,而如果他是优秀的作家,那他就会作出最佳的适应,反之结果则相反。比莱尔先生当然属于优秀作家之列,所以我们就发现,他虽然减了相当多的分量,但其攻

[①] 比莱尔(1850—1933),英国作家。
[②] M.比尔博姆(1872—1956),英国作家、漫画家。
[③] L.斯蒂芬(1832—1904),英国作家、哲学家,V.伍尔芙的父亲。

击却更直接，运动也更灵敏。可是比尔博姆先生给了散文一些什么，又从散文中获得了一些什么呢？这是一个更为复杂的问题，因为这位作家悉心致力于这种写作且毫无疑问地是他的职业中的佼佼者。

比尔博姆先生所给予的当然是他自己。这种对自我的呈现，自蒙田时代以来不时地在散文中出现，但随着查尔斯·兰姆的去世而遭到放逐。马修·阿诺德对于他的读者来说从来就不是亲昵的马特，华尔特·佩特在千家万户中也未被亲切地称为沃特。他们给了我们许多，但是却没有把自己给予我们。所以，在九十年代的某一时期，习惯于规劝、告发和指责的读者发现一个声音在亲切地向他们述说，而且这声音似乎属于一个并不比他们更大的男人时，他们确实也该感到惊奇。作者为他个人的喜怒哀乐所左右，不用教诲布道，也不传授知识，他就是他自己，毫无矫饰，直截了当，一直就是他的自我。我们终于又一次碰到了这样一位作家，他善于运用对于散文作家来说是最为合适，但又是最为危险、最为微妙的工具。他把个性带进了文学之中，而且不是无意识的和混杂的，倒是如此有意识和纯粹的，以致我们都搞不清楚作为散文作家的马克斯和作为男人的比尔博姆之间是否有任何关系。我们只知道他所写的每一个字都渗透着个性的精神，这胜利是风格的胜利。因为你只有懂得怎么写作，才能在文学中利用你的自我。这个自我对于文学来说是必不可少的，同时又是其最危险的对手。永远不是你自己，然而又始终是——这就是问题的所在。坦率地说，里斯先生集子里的某些散文作家，并未能成功地解决这个问题。琐屑的个性在印刷的永恒性中腐败的景象令人感到恶心。琐屑的谈话，毫无疑问，是有其魅力的，而作者也肯定是个边喝啤酒边聊天的好伙伴。但文学是严峻的。动人、善良，甚至再加上博学和才华也无济于事。除非，她似乎在重申：你符合她的首要条件——懂得怎么写作。

比尔博姆先生的这一艺术已臻完美。但他并未翻查辞典寻找多音节词，并未精心锤炼华丽的辞藻、或者用复杂的韵律和奇异的音调来诱惑我们的耳朵。他的某些同侪——亨利和斯蒂文生——在短时期内会给人以深刻印象。但在《围裙之云》一文中，却有着那属于生活，而且仅仅属于生活的无法刻画的不平等、激动以及绝对的表现。你并不会因读完了就与它断绝了来往，恰如友谊并不会因为分手就结束一样。生活总在不断涌现、不断变换、不断增加。甚至连那书架上的东西，如果具有了生命，也会变化，我们觉得自己还想再见它们一面，我们发现它们已改变了。所以我们就又重新一篇篇地看起比尔博姆先生的散文来，心中深知，随着九月或五月的到来，我们将又安坐高论这些作品。可是，在所有作家中，散文家对于公众舆论是最为敏感的。起居室是当今绝大多数阅读进行的场所，而比尔博姆先生的散文，就如精细地估测到了所有这些具体场合的要求，躺卧在起居室的桌子上。那儿没有杜松子酒，没有浓烈的烟草，没有谐语嬉谑，没有酗酒，没有疯疯癫癫。夫人与绅士一起交谈，某些事情自然不会上口。

但是，如果想把比尔博姆先生限制在一个房间里的做法显得愚蠢，那么，把这位艺术家，这位仅仅向我们奉献其最佳作品的人说成是我们时代的代表则更是愚不可及。现在这个文集的第四、第五卷里没有比尔博姆先生的散文，因为他的时代似乎已显得有些遥远了，那起居室的桌子，随着时间的推移，开始显得像一个圣坛了，那上面，曾有一个时期，人们堆放着他们的祭品——从自己的果园中摘来的水果，用自己的手雕刻的礼品。现在，情况再次发生了变化。公众还像以往那样需要散文，愿望还更加迫切。对于篇幅不超过一千五百字，或在特殊情况中不超过一千七百五十字的散文的需求，大大地超过了供应。兰姆先生写一篇散文和马克斯写两篇的篇幅，贝洛克先生[①]——据粗略的计算，能写上三百六十五

---

① 贝洛克（1870—1953），英国批评家、诗人，·出生于法国。

篇。这些文章确实很短,然而,娴熟的散文作家会极其巧妙地利用他的空间——开始时尽可能地从纸的顶端写起,精确地判断要写多长,什么时候转弯,又如何丝毫也不浪费纸张宽度地拨回方向,在编辑所允许的最后一个词之前准确地戛然而止。作为一项技巧,这确实值得观赏。可是贝洛克先生(就像比尔博姆先生一样)所依赖的个性,在这个过程中却备受折磨。它来到我们这儿,话音里毫无自然的丰富韵味儿,而是紧张、单薄,充满了装腔作势和矫揉造作,就像一个人在刮风天用麦克风拼命对人群嘶叫的声音一样。"我的读者小朋友们",他在一篇名为《一个陌生的国度》的散文中说,而后又继续告诉我们:

> 几天以前,在芬顿集市上有这样一个牧羊人,他赶着羊群顺露易斯从东而来,他的眼睛中有着对地平线的忆想之光,这种闪光使得牧羊人和山民的眼睛截然不同于另外人的眼睛……我跟随着他,倾听着他的说话,因为牧羊人的谈吐也全然不同于他人。

幸亏这牧羊人少言寡语。即使在不可避免的一大杯啤酒刺激之下,他也极少说起那个陌生的国度。因为他所作的唯一评论证明了他要么是个不适于看管羊群的小诗人，要么就是贝洛克先生用一支自来水笔自己冒充的。这是常写散文的作家现在必须准备面对的惩罚。他必须冒名顶替，他没有时间在他自己或别的人之间选择。他必须掠取思想的皮毛，稀释个性的强度。他必须每周都给我们一枚磨损污脏的半便士硬币，而不是每一年给我们一块货真价实的一英镑金币。

但是，并非只有贝洛克先生才备受现在盛行的环境条件的折磨。构成一九二〇年前散文卷的那些文章也许并不是它们作者的最佳作品；然而，如果我们排除了像康拉德先生和赫德森[①]先生那样的只是偶然迷途于散文写作的作家，把注意力集中在惯常写散文的作家身上，我们将发现，他们在很大程度上受到周围环境变化的影响。每星期写，每天写，短小地写，为早晨赶火车而行色匆匆的人写，或为黄昏急着回家而且已疲惫不堪的人写，这种写作，对于能够分辨写作优劣好坏的人来说，不啻是一项令人心碎的工作。他们这样做了，但又本能地把任何可能由于与公众的接触而遭毁灭的宝贵事物、或者任何因其尖锐而刺痛皮肤的东西排除在外。于是，如果人们在这部庞然之物中读了卢卡斯[②]先生、林德[③]先生或

---

① 赫德森（1841—1922），英国博物学家、作家。
② 卢卡斯（1868—1938），英国传记作家、散文家。
③ 林德（1879—1949），出生于美国的英国作家。

者斯块厄①先生的作品，他们会感到所有的一切都镀上了一层共有的灰色。他们的作品与华尔特·佩特的奢华娇美相去甚远，恰如与莱斯利·斯蒂芬的放肆无忌同样相去甚远一样。美与勇敢是盛装在一个半栏目中就显得危险的精神，而思想则如同背心口袋里装的棕色纸包，总会破坏一篇文章的匀称。这就是他们所为之写作的那个仁慈、疲惫、无情无义的世界，奇迹仅在于他们至少从未停止过写出好作品的企求。

不过我们也无需因散文作家环境条件的变化而怜悯克鲁顿·布洛克②先生。他显然是充分地利用了他的环境而并非相反。人们甚至都会怀疑是否该说他必定在这方面作了有意识的努力。因为他从为个别人写过渡到为广大读者写作，从客厅过渡到阿尔伯特纪念堂是那般的自然而然。似是而非的是，尺寸上的收缩带来了个性的相应的扩张。我们已不再有马克斯和兰姆的"我"，而只有公众团体和其他尊贵之士的"我们"了。是"我们"前去欣赏《魔笛》，是我们理因得其真谛，是"我们"以一种神秘的方式，在很久以前协力一致地写出了这部作品。因为音乐、文学以及艺术都必须服从于某一个共同的准则，否则它们就不会传送到阿尔伯特纪念堂的最远的角

---

① 斯块厄（1884—1954），英国作家。
② C.布洛克（1868—1924），英国文艺批评家、作家。

落里。克鲁顿·布洛克先生的声音十分真挚、公正无私，传送得如此之远且达到许多的人的心里，同时又没有去迎合公众的弱点和情欲，这对我们来说，应该是十分的满意了。然而，在"我们"感到满足之际，"我"这个人类伙伴中桀骜不驯的角色却濒临绝望了。"我"必须老是为自己考虑事物，为自己感知事物。以一种稀释的形式与大多数教养有素的男男女女共享这一些对"我"来说纯然是痛苦。当我们中的其他人聚精会神且深有所得地聆听着时，"我"却悄悄地溜到了森林中，隐入了田野里，为一片草叶或一个孤零零的土豆而满怀喜悦。

在现代散文的第五卷中，我们似乎从其乐趣和写作艺术中提取了某种方式。但为了能公正地对待一九二〇年的散文作家，我们必须保证自己为名家歌功颂德，绝非因为他们早已受人褒奖；为死者树碑立传也绝非因为我们再也看不到他们穿着鞋罩走在皮卡迪利大街上。当我们说他们能够写而且给予了我们乐趣时，我们必须明白这意味着什么。我们必须对他们进行比较，揭示出其特质。我们指着这段文字说好，是因为它准确、真实而且富于想象力：

> 不，即使有可能，人们也不会隐退；即使理智发话了，他们也不愿；哪怕已年老体衰，需要他人的庇护，

他们也耐不住那归隐的寂寞,就像小镇的老头,仍然愿坐在沿街的门前,纵然他们的年迈为人嘲笑……

至于下面那段文字,说它糟糕是因为它松散、花哨而且俗不可耐:

> 他的唇上挂着一份彬彬有礼和恰到好处的玩世不恭,脑袋里转着那处女幽静的卧室,月光下欢唱着的流水,有着纯净的乐曲声呜咽于夜空中的露台,有着戒备的胳膊和警惕的眼睛的母性气十足的少妇,阳光下沉睡着的田野。在温暖敏感的苍穹下波涛起伏的重洋,炎热的海港,美丽而充满香气的……

它还在继续,可我们却早已被声响弄得茫茫然,既无感觉,也无听觉。上述的比较使我们猜想:写作艺术的脊椎是对一个观念的强烈执着的某种依附。正是在这观念的背上,我们才会深信无疑地信任或准确地看到某种事物,从而也促成了文字的形式。而包括兰姆与培根、比尔博姆先生和赫德森先生、维尔农·李[①]、康拉德先生、莱斯利·斯蒂芬、勃特勒、华尔特·佩特在内的这个形形

---

① 维尔农·李(1856—1935),英裔女作家,出生于法国,后移居意大利。

色色的团体，也正是在这观念的背上达到了遥远的彼岸。极为多种多样的天才高手促进或阻碍了从观念到文字的转换。某些人摸索着前进，煞费苦心；另一些人则顺风而行，春风得意。但是贝洛克先生、卢卡斯先生以及斯块厄先生却并不完全依附于任何事物，他们陷于当代人的困境之中——缺乏一种执着的信任感。这种信任感会通过任何人的语言的朦胧领域，把那须臾之声响提升到有着永恒的联姻和永恒的结合的领地上。虽然所有的定义都是含糊其辞的，但一篇出色的散文必须具有这样一种永久的特质，它必须在我们周围拉上一道帷幕，而这道帷幕又必须是把我们围在其中，而不是挡在外面。

电　影

人们说，我们的身上已不再存留野性，我们正处于文明那零乱的末端，所有的一切都早已被言之滥觞，想要野心勃勃也已为时过晚。但是这些哲人大概是忘掉了电影，从未在影片中看过二十世纪的野蛮人。他们从不曾坐在银幕前，思索着尽管有所有这些穿在身上的衣服、踩在脚下的地毯，他们与那些眼睛明亮的裸体野人居然会没有多大差距。那些野人敲打着两条铁棒，把那铿锵声听成莫扎特的乐曲的前奏。

这种情景中的铁棒当然是经过精工锻造的，饰盖着种种异物它质，以至于要想清晰地听辨出任何东西都几乎是枉费心机。一切都处在骚动、沸腾和无序中，我们如透过一只大煮锅的锅边在看着锅内，里面各种形状的块块片片以及种种气味似乎正处于欲腾还休之时，不时的有一些巨大的形体升滚上来，似乎要挣脱这一片混沌。可是最初的电影艺术似乎是简单的，甚至还是愚蠢的。国王在与一个足球队员握手；托马斯·李普顿爵士的游艇；杰克·霍纳赢得了利物浦的障碍赛马。眼睛在转瞬之间就吞没了所有这一切，而大脑，愉快地兴奋着，也专心地观看着所发生的事情而不想劳动自己去思索。因为普通的眼睛，英国人毫无美感的眼睛，只具有一种简单的机制，它关心的是身体别掉下煤井去，给大脑提供玩具和甜食以使它保持安静。在大脑得出该是醒来的时候结论之前，可以信赖地让它继续像一个出色的保姆一样恪尽职守。那么，把它从惬意的昏睡途中突然唤醒并要求帮助，其目的又何在呢？是眼睛陷于困境之中，眼睛需要帮助。眼睛对大脑说："发生了一些我根本无法理解的事情，得由你来显身手了。"于是它们一起注视着国王、游艇和赛马。大脑立即就看出它们具有一种并非为真实生活的单纯翻版所有的性质。它们变了，但不是变得如美丽的画面那种意义上的美丽，而是变得更加真实——可以这样称呼吗？我们的词汇确实贫乏得可怜！——或者以一种与我们在日常生活中感知的不同现实呈示出来的真实。我们虽然没有身临其境，却是有如亲眼目睹；虽然没有参与其中，却知道得巨细无遗。在我们的凝视中，我们似乎已超脱了那实际存在的渺小与琐碎。奔马不能撞倒我们，国王无法握住我们的手，波涛也淋湿不了我们的脚。从这有利的地位，当我们在观看我们同类的滑稽行为时，我们可以从容不迫地去同情和愉悦，去概括并赋予一个男人以种族的属性；在观看游艇乘风破浪时，可以从容不迫地向着美敞开心灵，此外还会产生一种古怪的感觉：这美将持续下去，不管我们是否看到，都将繁茂开放。而且，我们还被告知，所有这一切都发生于十年以前，我们所见到的世界早已被埋入万顷波涛。新娘从修道院里出来——她们此刻已是母亲；引座员热情洋溢——现在他们已沉默无语。母亲们眼泪汪汪，宾客们兴高采烈；这儿赢了而那儿却输了，这里完了而那里还得忍耐。大战在所有这天真和无知的脚下绽开了裂缝，就因这样，我们舞着和旋转着，辛劳着和渴望着；就因这样，太阳闪耀着而白云向着那终极之巅疾驰着。

可是制片人似乎并不满意像时间的流逝和现实的联想性那样显而易见的兴趣之源。他们藐视飞翔的海鸥，泰晤士河上的船只，威尔斯王子，迈尔安路，皮卡迪利广场。他们想要改进和变动，创造一种自己的艺术——这是自然之事，因为位于他们视界中的艺术似乎为数不少。众多的艺术似乎正准备提供帮助。像文学，就是一个例子。世界上所有著名的小说，带着它们那闻名于世的人物形象和广为人知的场景，似乎是在请求被搬上银幕。还有什么会比这更容易和更简单呢？电影带着极度的贪婪扑落到它的牺牲品上，此刻主要就是以这不幸的牺牲品为生的。然而结果对于两者来说都是灾难深重。

这种结盟是不自然的。当眼睛与大脑徒劳无益地想成双捉对地协力时,它们却被无情地扯了开来。眼睛说:"这是安娜·卡列尼娜。"我们面前呈现出一个穿着黑色丝绒衣服,珠光宝气、骄奢淫逸的夫人。可是大脑却说:"那与其说是安娜·卡列尼娜,倒不如说是维多利亚女王。"因为大脑所了解的安娜几乎完全是她的内心世界——她的魅力、她的激情、她的失望;可所有电影的重点却放在了她的皓齿、她的珠宝和她的丝绸服装上。然后"安娜爱上了渥伦斯基"——也就是说,穿着丝绸服装的夫人倒入了一个身着制服的先生的怀抱,他们坐在一个设备极其完善的书房的沙发上,带着津津有味、无所不包的深思熟虑以及意味无限的姿势在接吻,与此同时,室外一个园丁极其巧合地在修整着草坪。就这样,我们拖沓着脚,蹒跚地穿越了这部世界上最为著名的小说。就这样,我们以单音节的词语把它拼缀出来,书写得也犹如一个低年级小学生的涂鸦。接吻就是爱情,一个破坏就是嫉妒,露齿而笑就是幸福,灵车就是死亡,但是这些事物中的任何一件都与托尔斯泰所写的小说没有丝毫的关联。只是在我们放弃了把电影与小说联系起来的尝试以后,我们才能从某些具偶然性的镜头中——像那个在修整着草坪的园丁——猜测出,如果让电影自行其是,它可能会搞的名堂。

那么，什么是其自行其是的手段呢？如果它不再是寄生虫，那它如何直立行走呢？目前，人们只能从各种征兆来进行猜测。举例来说，在《卡里加里博士》①中的一个镜头里，银幕的一角突然出现了一个形状像蝌蚪的阴影，颤抖着、膨胀着，巨大无比，而后又回落到无足轻重的状态。在这一瞬间，它似乎体现了疯子大脑中某种怪异的、病态的想象力，看起来仿佛思想可以由形体进行比文字更为有效的传递。这怪异颤抖着的蝌蚪似乎就是恐怖本身，而不是在陈述："我害怕。"事实上，这个阴影是意外的结果，这种效果也非特意设计的。但是如果在一定时刻的一个阴影就能够比处于恐惧中的男男女女的实际姿势和文字表达更多的意蕴，那么这一点就是显而易见的：电影在其手掌中具有无数的情感符号，而这些情感一直到目前都还无法找到其表现方式。恐怖除了它通常的形式外，还有着蝌蚪的形状，它露出头来，膨胀、颤抖，又消失得无影无踪。愤怒不仅仅是咆哮与浮夸之语，是红脸与捏紧的拳头，它或许是一条在白纸上蠕动的黑线。安娜和渥伦斯基不再需要愁眉苦脸和各种怪相，他们可以自由支配——但是什么呢？是否有什

---

① 德国电影导演罗伯特·维内导演的一部表现主义代表作。影片中扭曲的透视法和阴影的幽灵支配着画面，形成了一个用表现主义的线条和符号构架起来的怪诞世界。

么，我们不禁要问，我们感觉和看见过，但从未说过的秘密语言？如果答案是肯定的，它能够为眼睛看到吗？是否有什么思想具有的、可以不用文字的帮助就转换成可视形象的特征？它既迅捷又磨蹭，像标枪似地直截了当和云雾似地不知所云。不过它也具有——特别是在情感涌动的时刻——造型力；那种把负担卸给它者的需要，让一个意象与它齐步并进。这种思想的画像因了某种理由，要比思想本身更为美丽、更易理解、更加有利。正如众所周知的，在莎士比亚的戏剧中，那些极其复杂的观念形成了一系列意象，而我们则穿越于其中，改向转弯，直至见到了曙光。但很显然，一个诗人的意象不能用青铜铸造出来或用铅笔勾勒出来。它们是千百万意蕴的合约，而人们所见到的仅仅是其最为明显和最上层的部分。甚至那最简洁单纯的意象"我的爱人像一朵红红的玫瑰，初绽于六月"，也呈现给我们种种印象：温润、暖和、深红色的光彩和柔软的花瓣。它们模糊地混淆在一起，挂在韵律的升降机上，而那韵律本身又是爱人的激情与迟疑的噪音。所有这一些都是易于为文字、也仅仅是文字所表现的，而电影则必须避免涉足。

然而，如果有那么多我们的思想与情感和视觉缠联在一起，那么某些对画家和诗人都无用的视觉情感的余羹剩饭就可能还在等候着电影的驾临。似乎极有可能的是，这样的象征符号将与我们眼前所见的真实物体截然不同。某些抽象的东西，某些有控制地、有意识地行动着的东西，某些几乎无需借助文字或音乐就清楚易懂、但恰到好处地运用却会更加锦上添花的东西——对于这些东西，电影在不久以后也许都该纳入麾下。然后在某些表现思想的新符号被发现以后，电影创作者就拥有了可动用的巨大财富。现实的精确性和它那令人惊奇的暗示力，只要愿意也可以拥有。安娜和渥伦斯基——就活生生地在那儿。如果他能向这种现实注入情感，能用思想激活这完美无缺的形式，那么，他的战利品就可以一把一把地拖曳进来了。然后，就像维苏威火山口上喷涌出来的烟云，我们就能看到那野性的、美丽的、古怪的思想了——它们从手支在桌子上的男人那儿，从带着小手提包、滑倒了的女人那儿喷涌出来。我们应该见识一下这些互相缠绕、互相影响的情感！

我们也该见识一下情感碰撞之下所产生的那种激烈的变幻。我们的眼前会闪现过最为异想天开的对照物，速度之快，使作家只能徒劳地跟在后面瞎折腾。那些拱廊与城垛、那些奔泻的瀑布与喷涌的泉水、梦幻似的形体——有时，它们会在睡梦中拜访我们或者在阴暗的房间里现形——能够由我们醒着的双眼细细端详。没有什么幻想是难以取得或过于虚无的。昔日的岁月可以展开，距离可以消失，使小说脱节的那些鸿沟（例如，托尔斯泰不得不从列文过渡到安娜，以推进他的故事和抓住我们的同情心）可以用相同的背景，用重复某些镜头来填平。

此时此刻，还没有一个人能告诉我们，这一切将怎么尝试，更不用说怎么达到目的了。或许我们只能在街头的骚动中获得一些暗示：那某一瞬间的色彩、声响和活动的汇集暗示着这儿有一个等待着一种新的艺术去定格的镜头。而有时在电影院里，在它那巧夺天工和技压群芳的氛围中，幕布拉开了，我们看见了遥远的地方某种闻所未闻和意料之外的美。但是这仅持续了一瞬间，因为发生了一件奇怪的事：虽然别的艺术是赤裸裸地出生的，这最年幼者诞生时却已衣冠楚楚，在有什么可说之前它就已能言善辩。这仿佛是那个原始部落，没有去找两根铁棒来玩耍，倒是在海岸边发现了零零落落的提琴、长笛、萨克斯管、喇叭以及伊拉德和巴赫斯坦制作的大钢琴，于是以难以置信的力量，在对音乐丝毫无知的情况下，于同一时间猛擂重捶着这些乐器。

绘 画

也许已有某个教授就此论题写过一本书了，不过它还未曾进入过我们的视野。"艺术的爱情"——这大约就是那本书的书名。它关注的是音乐、文学、雕塑和建筑之间的谈情说爱，以及许多世纪以来这各种艺术相互之间发生的影响。可是在这位教授的探讨之前，从表面来看，似乎文学总是各类艺术中最好交际的，也是最易受影响的，像雕塑就影响了希腊文学，音乐影响了伊丽莎白时代的文学，建筑则影响了十八世纪的英语文学。而现在毫无疑问的则是我们处在了绘画的主宰之下。如果所有的现代绘画都毁于一旦，那么一个二十五世纪的批评家也能够从普鲁斯特一个人的作品中就推断出马蒂斯、塞尚、德朗①和毕加索的存在。从摊在眼前的那些作品，他还能说明这些具有最大独创性和创造力的画家，必定是在普鲁斯特隔壁的房间里，一管接一管地挤着颜料，一张接一张地涂抹着画布。

---

① 安德烈·德朗（1880—1954），法国画家，野兽派的重要成员之一。但不是受马蒂斯的影响，而是独立地达到了马蒂斯所赞同的风格。

然而，要在这个如此完美无缺的作家的作品中，指出画家影响存在的确切位置，也是极其困难的。在那些二、三流作家的作品中进行探寻则要容易得多了。这个世界此时此刻到处都是残疾者——绘画艺术的牺牲品，他们画苹果、玫瑰、瓷器、石榴、罗望子果以及玻璃罐，画得与文学所能描绘的一样，而这当然是差强人意了。我们也可以肯定地说，一个作家，其写作大部分得求助于眼睛，就是个很差劲的作家；如果在描绘，比如说，公园中的聚会时，他刻画了玫瑰、百合花、石竹以及绿草上的树影，栩栩如生，犹如显现于我们的眼前，但是却不允许读者从中推测出观念、动机、冲动以及情感，那是因为他没能使用他的工具来达到它为之创造出来的目的，而作为一个作家，就像一个失去了双腿的人一样。

但是，要想以此来指责普鲁斯特、哈代、福楼拜或者康拉德，则是不可能的。他们运用他们的眼睛，丝毫也不妨碍他们的笔。而且他们对眼睛的运用与以往的小说家截然不同。沼泽地和树林、热带海洋、船只、港口、街道、起居室、花朵、衣服、态度、光影的效果——所有这些他们给予我们的东西，其精确和微妙使我们不由得感叹：现在作家终于开始使用他们的眼睛了。这些作家中的任何一个确实都不曾停下一刹那以描绘一个水晶瓶子，仿佛它本身就是终极意义；在他们的壁炉台上的水晶瓶往往是通过房间里的妇女的眼睛看到的。整个情节，不管构架得如何稳实和形象化，总是由一种与眼睛完全无关的情感主宰着。不过，使他们的思想得以丰富的则是眼睛。正是眼睛，特别是在普鲁斯特那儿，帮助了其他的感觉，与它们结合，产生了一种极美的效果，一种迄令无人知道的微妙之处。例如，在一个戏院里有这样一个镜头，我们必须理解一个年轻的男子对下面包厢里的一位夫人的情感。四周大量的形象与比较，使我们被迫去鉴赏那种形式和色彩、长毛绒椅子和那位夫人服装的结构与质地、光的暗淡或灼亮、火花与色彩；在我们的感官吸收进所有这些的同一时间，我们的心灵也正沿着逻辑与智慧之路，朝着年轻男子那朦胧模糊的情感之隧道行进。这些情感，在心灵之隧分叉、调整，延伸得越来越远，最终因穿透过深时逐渐消散成稀疏的意义碎片，以致我们，如果不是在突然之间，眼睛一闪接一闪，像一个隐喻接一个隐喻地照亮了黑暗的洞穴，使我们见到了那犹如蝙蝠一样悬挂在光线从未曾拜访过的原初黑暗中的没有躯体的思想那坚硬而确实的物质外壳，几乎已不可能再追随而进了。

所以，作家需要一只第三眼，其功能是在其他感官招呼时伸出援助之手。不过极其令人怀疑的是，他究竟是否从绘画直接学到了什么。看起来确实没错的是，在所有绘画的批评者中作家是最糟糕的一伙,他们的判断充斥着极端的偏见和曲解。如果我们在画廊中与他们攀谈,且排除了他们的疑心,让他们诚实地告诉我们,是绘画中的什么东西让他们愉悦,他们就会承认压根儿就不是绘画艺术本身。他们来这儿并非想理解画家的艺术难题,而是来追寻某种对他们自己有帮助的东西。就是因为这,他们才能把那些长廊从无聊和沮丧的刑室转换成笑意盎然的林荫道、小鸟啾啾的欢乐之地以及以寂静为至高无上的圣殿。由于能够自由地走自己的路,能够随心所欲地挑拣和选择,他们发现现代绘画,他们说,非常的有益,非常的有刺激。比如说,塞尚——没有画家比他对那些文学的感官更具刺激性了,因为他的画作是如此鲁莽放肆和令人激怒地愿意变成一幅画,以致那单纯的颜料,他们说,就好像在向我们挑战,压迫着某根神经,刺激和激动着我们。譬如,那幅画,他们解释说(站在一幅岩石累累的风景画前面;画上都是乳白色的脊隆,仿佛被一个巨人的锤子劈裂而成,显得沉寂、坚实而平静),搅起了我们内心未曾想到过其存在的词汇,启示着一些我们从未曾见到过的形式。当我们凝视着画时,词语在非人类语言那苍白暗淡的边界地带抬起了它们纤弱的肢体,又在失望中陷落了下去。我们像网一样把它们抛掷到了一处岩石嶙峋的、荒凉寂寞的海岸上，它们渐渐隐退下去，而后消失了。这是徒劳无益的，也是枉费心机，但是我们却永远也不可能抵御这种诱惑。那些沉静的画家，塞尚和西克特，如他们的选择一样频繁地愚弄着我们。

然而，一旦画家企图说话，他们就失去了自己的力量。他们必须通过把绿色渐渐变成蓝色和摆弄色块来说他们不得不说的东西。他们必须像水族馆玻璃后的鲭鱼一样沉默地、神秘地编织自己的符咒，一旦让他们抬起玻璃开始说话，符咒就被破除了。一幅讲述故事的画就如一只狗所玩的把戏那样可怜可悲、荒唐可笑，我们为之喝彩鼓掌仅是因为我们知道：对于一个画家来说，用他的画刷讲叙一个故事，就像让一只牧羊狗在其鼻子上平衡一块饼干一样困难。约翰逊博士的轶事由波斯威尔[①]来讲述就更为出色；而济慈的夜，在绘画中只能哑然无语。用半张信纸，我们就能够写出世界上所有绘画作品所讲的故事。

然而，他们承认道，在画廊里转悠，那些绘画作品，即使在它们并没诱惑我们去进行那种产生众多夭折的怪物的崇高努力时，也是非常令人愉快的。从它们那儿可以学到不少东西。那幅刮风天里的沼泽地的画，比我们自己能看到的更清楚地显示了那一片绿色和银白

---

① 波斯威尔为塞缪尔·约翰逊的传记作者。

色、那潺潺的溪流、那在风中摇曳的垂柳，让我们都想为之找到一些措词，甚至想提议在草丛中安卧一个人物形象，或者让他穿着高筒靴和雨衣从庭院大门中走出来。那幅静物画——他们继续前进着，指着一罐赤红色的拨火棒——对于我们就像一块牛排对于一个病残者的意义一样：一次血和营养的纵情之宴——在对细体黑铅字的节食中，我们已饿得快发狂了。我们偎依在它的色彩中，贪婪地进食着那黄色、红色和金黄色，一直到我们营养充足和满意地睡着为止。我们对于色彩的感受似乎不可思议地敏锐起来。我们随身带着那些玫瑰和赤热的拨火棒已四处转悠了好些天了，再次用词语把它们重新绘描了一遍。从一幅肖像画中，我们也几乎总是能得到某些值得拥有的东西：某人的房间、鼻子、或者手臂、人物或环境的某种微小的影响力、某种能放进我们口袋和取出的小摆设。但是相同的是，肖像画的画家必须不去企求说话，他不应该说："这是母性"，"那是智慧"。他应该竭尽全力去做的是轻轻地叩拍房间的墙壁，或者鱼缸的玻璃壁；他应该走得非常之近，但又总该有某种东西把我们与他隔离开来。

确实有些艺术家生来就是叩拍者。我们一看到德加[①]

[①] E.德加（1834—1917），法国画家，后期倾向于印象派，作品题材多取自于芭蕾舞剧院、咖啡馆和赛马场等。

那幅舞蹈者在系她的舞鞋的画作，就会惊喊道："真是才华横溢啊！"一如我们阅读了康格列夫①的一段对白后的反应。德加分离出一个场景并加以评说，正如一个伟大的喜剧作家的所为一样，不过前者是寂静无声的，片刻也未曾侵犯绘画的缄默权。我们发笑，但是没用在阅读时发笑的那块肌肉。米勒·莱丝奥尔②也具有同样罕见而奇异的能力。她马戏团的马、或者在她的望远镜凝视下站立着的团员、或者位于乐池中她的小提琴手，都是多么地机智诙谐啊！通过叩拍这墙的另一面，她活跃了我们对于生活的意义和欢乐的感受。马蒂斯叩拍着，德朗叩拍着，格兰特③先生叩拍着；另一方面，毕加索、西克特、贝尔夫人④却全都像鲭鱼一样地默默无语。

可是作家已经说得够多了。他们都心神不定。没有人比他们更清楚，他们喃喃而语着，这不是观看绘画的方式。他们是些不负责任的蜻蜓，仅仅是些昆虫，像孩子似的通过把花瓣儿拉扯掉来任意毁坏艺术品。总而言之，他们最好还是离开，因为此时此地，如穿水荡桨而前，神思外属、心不在焉、冥思苦想着地走来了一位画

---

① W. 康格列夫（1670—1729），英国剧作家。
② M. 莱丝奥尔，二十年代伦敦的一个马戏团主。
③ U. 格兰特（1822—1885），美国第十八届总统。
④ 贝尔夫人，英国女作家夏洛蒂·勃朗特、艾米莉·勃朗特及安妮·勃朗特三姐妹的联合化名。

家。作家把他们小偷小摸得来之物塞进口袋，赶紧把自己关在了门外，以避免在他们淘气的时候被逮住，被迫去忍受最为极端的刑罚，也是最为别致的折磨——被迫和一位画家一起观看画作。

歌　剧

歌剧季节已经来临。几个星期以来，那张供挑选歌剧的节目单一直在被人们讨论着。当然，没有人觉得满意，但是要想获得众口一词，只有我们的想法全都如出一辙才有可能。事实上，格兰特歌剧院辛迪加不得不考虑到各种各样的趣味爱好，它们的节目单所显示的那种含含糊糊的心灵状态就是在暗示着公众趣味的多样性。我们将在格鲁克的《阿尔密德》和威尔第的《茶花女》[①]、德彪西的《佩利亚斯与梅丽桑德》[②]和瓦格纳的《女武神》[③]之间进行选择。从那些暗示中，我们可以把公众以这种样式编号入座。有一部分人喜欢的是《茶花女》而不是《女武神》；还有一些人干脆就不赞成歌剧，但是——可真够有讽刺味

[①] G. 威尔第（1813—1901），意大利杰出的作曲家。
[②] C. 德彪西（1862—1918），杰出的法国作曲家，"印象主义"音乐的创始人。《佩利亚斯与梅丽桑德》系根据比利时诗人梅特林克的同名戏剧所创作的歌剧。
[③] R. 瓦格纳（1813—1883），德国伟大的作曲家、指挥家。《女武神》是由他编剧并作曲的一部歌剧，为其连环歌剧《尼伯龙根的指环》的第二部。

儿的——却为了他们名之为无价值的东西而奔赴歌剧院；还有第三种观众则是把格鲁克与瓦格纳对立起来了。

这最后一种不同见解是最值得讨论的。因为无论是格鲁克还是瓦格纳的拥护者都是认真地对待歌剧的，同时又从对手的艺术理论中寻找着差错。自然，这是一种持续有时的争论，可是它的苟延残喘却显示：这种差异是深刻的，而且浏览一下他们所表达的观点也有助于我们洞察公众心灵的其余部分。某些区别显露在表面上，故而格鲁克的爱慕者们能指出他们的大师所涉猎的是截然不同于普通体验的那种情感；那种情感在语言中，远不如在乐章和色彩中表达得淋漓尽致。他的音乐确实与演员的情感关系密切，但是这些情感本质上不是戏剧性的。这种音乐在我们心中所唤起的是一种普遍性的情感，与某个特定个人的体验无关。这种音乐与其所表现的情感之间是如此的对应一致，以致那些情感似乎就是音乐自身所激发的，而舞台上的男女演员只不过是在强化它们。总之，那些神奇的形状、舞蹈以及优雅的旋律不可思议地聚合在一起，产生了一个尽善尽美的整体，其中的各个部分似乎就是为了体现那整体之美，而这种美我们绝无别的途径可加以实现。然而瓦格纳则极其不同，他不仅在表现人类情感方面比格鲁克更为细腻准确，而且这些情感还具有最为明显的特征。当剧情曲曲折折地向前推进时，剧中的男男女女在激烈的对抗重压下会突然地闪现流露出这些情感。追随及表达着这些情感的音乐会在我们心中激起一种强烈的同情心。然而，在我们于某个时刻被其左右，似乎又要陶醉其中而不能自拔时，却出现了另一些东西。是不是在歌剧和音乐之间存在着某种罅隙呢？音乐（或许如此）在心灵中所唤起的是一种与别的艺术所唤起的不相一致的联想，而要把它们消融为一个清晰的概念的努力则是极其艰巨的，那心灵会始终处在产生共鸣和幻想破灭的状态中。某种像这样的东西，我们觉得，就是一位绅士在离开上演瓦格纳的作品的歌剧院时，抗议说"这不是音乐"的含义。

然而，毫无疑问的是，瓦格纳是两人中更为大众化的一位作曲家，主要就是因为这个原因。他的故事和他的人物对从未到音乐厅听过音乐的人们也会有吸引力。他们发现瓦格纳的歌剧与戏剧非常相像，但却更容易理解，因为音乐在强调其中的情感。他们发现那些男男女女颇像他们自己，只是多了一种感觉事物的奇特能力。当歌剧上演时，会有多少人把自己视为特里斯坦和伊索德[①]、为他们自己的更大能力欣喜，但又为他们未能承担

[①] 《特里斯坦与伊索德》是瓦格纳创作于1865年的一部三幕歌剧。特里斯坦和伊索德为剧中男女主人公，陷于一场绝望的爱情中而无法自拔，终至双双殉情。

片段出现的角色而感到些微的怜悯呢？在瓦格纳作品之夜，那些廉价座位上将会出现陌生的男人和女人；在他们的外貌上有一种原始性，仿佛他们尽了最大的努力以便能在森林中生活下去，能保持着那种质朴的情感；仿佛他们敏于觉察到他们同类对于"现实感"——就如他们所称呼的——的缺乏。他们在歌剧中发现了一种生活的哲学。他们哼着"主题"以把他们思想的注意中心符号化，裹在黑色的大斗篷里漫步于泰晤士河的河堤上以消磨掉刚才唤起的激情。更上一层次的观众是"瓦格纳学者"。他们用他们电灯的闪光来侦探"主题"，就其核心的错综复杂而指教那些卑微的女性亲属。最后则是真正的热衷者。他们会因为或全然不为这些理由而崇仰他们的大师，宣称他所写的那种歌剧就是音乐艺术最终的也是最高的发展。

确实没错：吸引着大多数人前去欣赏瓦格纳歌剧的理由是因为他们从中发现了有着与我们相同情与欲的真正的男人和女人；同样确实没错的是，就是这同一特性在使其他人产生着反感。对于大多数听众来说，特拉茨西尼夫人[①]在演唱《拉摩默尔的露契亚》[②]发出那柔和的声

[①] 露易莎·特拉茨西尼是著名的花腔女高音。

[②] 意大利歌剧作家G.唐尼采蒂根据英国小说家司各特的小说《拉摩默尔的新娘》改编的歌剧。

音时，成了一个完美的偶像。这首先是因为简直无法想象她怎么竟能唱得如此美妙；其次是她的音调完美无缺；但最主要的是，那优美的服饰、体态、旋律以及与死亡的结合是无法抗拒的。这正是那些从本性或职业上看有着精明务实性格的男人和女人的世界。见解是简单易懂的，但是歌剧中有很罗曼蒂克的故事，而且伴随着它们出现的是极端豪华奢侈的场景。然而对于意大利歌剧的看法并非仅此一种，在那些观众中，毫无疑问，人们能够找到一些上了年纪的老派绅士，他们在回想着玛丽布朗①和马里奥②的时代——"那时，唱歌可是一门艺术。"眼前的歌剧对他们来说，仅仅是一个容纳许多美丽的歌曲的场合，与戏剧——那些女主角曾为此而慷慨地施展了她所有的技巧——没有任何的关联。

这些仅是少数几种观点，然而那差异似乎已在表明：总而言之，对于歌剧的真正本质并没有什么普遍性的见解；而那些相信歌剧是一种严肃的艺术形式的人更是为

---

① M.F.玛丽布朗（1808—1836），著名的意大利女低音歌唱家，音域极其广阔。1825年首次来伦敦演出，扮演《塞维尔的理发师》中的女主角罗西娜。
② G.M.马里奥（1810—1883），意大利著名男高音歌手，1839年曾来伦敦演唱，担任意大利歌剧作曲家唐尼采蒂的歌剧《路克雷齐亚波契亚》男主角基纳罗。

数极少。单是"歌剧"这个词就引起人们极其复杂的幻想。我们看到了宏大的房屋以及它巨大的曲边,它那玫瑰色和奶油色的柔和色调;从那些包厢里花边成圈地垂挂下来,里面则有着钻石的闪光,我们想起了光柱闪耀、所有的色彩都在变幻时所产生的嗡嗡声和勃勃生气;想起了舞台的布景呈现出来、歌声伴着小提琴声响起时那一阵奇异的寂静和朦胧。毫无疑问,这如此华丽壮观地在那些白菜地和贫民区棚子中兀然突起的宏大圆屋是所有那些天地——辉煌的、美丽的、荒谬的——之中最为奇特的一个。

笑声的价值

老的观念认为喜剧再现了人类本性中的弱点，而悲剧则把人描绘得比他本人更为高大。为了真实地摹写他们，人们似乎必须在这两者之间找到一个中庸者。其结果则是发现了某种过于严肃而非喜剧的、过于不完美而非悲剧的东西。我们可以把这称之为幽默。据说，女人与幽默无缘。她们可以有悲剧性或喜剧性，但是构成一个幽默者的那种特殊的融合物，却只有在男人身上才显示出来。然而，验证却是有风险的事情，即使是那些男子"体操运动员"，在试图获取幽默者的视点——在那个已拒绝了其姐妹的尖顶上平衡身体——时，也会不时地、耻辱地翻倒到两边去：不是一头栽到插科打诨里，就是摔落在极端平庸的石板地上——公正地说，在此他倒是全然如鱼得水。或许作为必不可少的悲剧，在如今并不像在莎士比亚的时代那么普遍，因而现在这个年头不得不提供一个体面而适当的替代物，它省却了鲜血与匕首，看上去最容光焕发时也不过是戴着烟囱帽，披着长外套。我们可把这称作一本正经的心灵。如果心灵也有性别的话，毫无疑问，它隶属男性，而喜剧则具有格勒丝①和缪斯②的性别。当这位一本正经的先生前来表示敬意时，她看看笑笑，又再看看，直到全身都不由自主地大笑起来，然后飞跑着去把她的快乐藏到她的姐妹的怀抱里。所以，幽默极难得莅临尘世，而喜剧则得为此苦战。纯粹的笑，诸如我们在孩子和蠢妇的唇齿间听到的，名声颇不佳。人们认为它是愚蠢和无聊的声音，与知识和情感决然无关；它不带有消息，也不传递信息，它像狗吠羊咩一样是一种含糊不清的话音，有损于一个创造了一种语言以表达自己的种族的尊严。

但是，存在着一些超越于语言之上，而不是屈居于语言之下的东西，而笑声就是其中之一。因为笑声虽然是含糊不清的，但却是没有任何动物能够发出的一种声音。如果躺在炉前地毯上的狗痛苦地呻吟着，或者快活地吠叫着，我们能辨识出它们的含义，其中也无奇怪之处，可设若这条狗要想笑呢？倘若在你进入房间时，它没有用舌头或尾巴来表示见到你时那合法的快乐，而是迸出串串珍珠似的笑声——咧嘴而笑，摇晃着它的双胁，显示出所有表达特别欢快的通常符号。你的感觉准定是畏缩与恐惧，仿佛是从兽嘴里发出了人声。同样我们也

---

① 希腊神话中赐人美丽和欢乐的女神。
② 希腊神话中掌管文艺、音乐等的女神。

无法想象比我们处于更高发展阶段上的生物的笑。笑声好像是而且只是属于男人和女人。笑声是我们内心的喜剧精神的表露，喜剧精神关注的是与公认的模式不同的那些奇异事物、怪僻行为以及越轨之处。它在那突然而自发的笑声——我们几乎不知道它为何而来，也不知道它何时会来——中作出了自己的评注。我们如果花时间去思考——去分析喜剧精神据以栖身的土壤，我们无疑会发现，表面上是喜剧性的东西内底则是悲剧性的。当微笑还徜徉在我们的唇边时，泪水已在我们的眼眶内盈盈欲溢。这——此语是班扬之言——已被人们看作是幽默的定义。但喜剧的笑声却没有眼泪的重负。与此同时，虽然它的职责与真正的幽默相比只相对微小一些，可也不能过高地估计这笑声在生活中和艺术中的价值。幽默具有其高度；最出色的心灵独自就能攀爬上峰顶极巅，在那儿犹如看全景照片似地俯瞰整儿的生活。但是喜剧却漫步在公路上，思考反省着那些琐碎和偶然的东西——所有那些在路边经过的可予原宥的过错和怪痴。笑声比任何东西都更能保持我们的均衡感，它始终在提醒我们，我们都是凡夫俗子，没有人是完完全全的英雄或彻头彻尾的恶棍。一旦我们忘记了笑，我们看待事物就失去了分寸，也丧失了现实感。幸运的是狗不会笑，因为如果它们会笑，它们就会意识到作为狗的可怕限制。

男人与女人在文明阶梯上的高度刚好足以被放心地赋予了解自身弱点的能力，以及被授予嘲笑人的天赋。不过我们也有危险，有着丧失这珍贵的特权的危险，或者是大量粗糙而笨重的知识把它从我们胸中榨压出去的危险。

为了能够嘲笑人，你必须首先能看到他真正的自我，必须不让他的财富、地位、学识的斗篷——就其是一种肤浅的累积而言——弄钝那触及要害的喜剧精神的锋刃。孩子们比成人更能确凿地识透男人的本来面目，这种事常有发生。而我相信，女人对于性格所作的裁决在最后审判日也不会被撤销。女人和孩子是喜剧精神的主要使节，因为他们的眼睛并没有被学识遮蔽，他们的心灵也没有被书本理论所窒息，所以在女人和孩子眼中，男人与事物仍保持着他们原有的清晰轮廓。所有那些在我们的现代生活中疯长的危险的赘疣、浮华、惯例以及阴郁乏味的庄重，所害怕的莫过于一阵笑声：那笑声就像闪电，使其枯萎消失而留下赤裸裸的骨头。正是因为他们的笑声具有这种品性，所以那些意识到做作与不真实的人才害怕孩子；可能也是出于这个理由，女人在学者的职业中才受到如此的冷淡。危险在于他们可能会笑，就像汉斯·安徒生童话中的那个孩子，他说国王赤身裸体，而他的大臣们却在盛赞那并不存在的光彩夺目的衣饰。在艺术中就像在生活中一样，所有最糟糕的错误都来自于缺乏均衡,而两者的趋向都是过分地强调了严肃。我们的伟大作家绽放着尊贵的紫色花朵进入了辉煌壮观的时期;较逊色的作家增加着形容词而沉浸于感伤主义之中,而这种感伤主义在更次等的作家那儿产生的只是耸人听闻的标贴和感情夸张的言行。比起参加婚礼和庆贺节日,我们更愿意出席葬礼和探访病人,因为我们无法摆脱心里的那样一种信念:在泪水中存在着某些善德,而黑衣则是最合适的衣着。确实没有什么像笑声那样难以言喻,但也没有什么特性比之更有价值。这是一把双刃剑,既删剪又培育,赋予了我们的行为以及口语和书面语一种对称的美和真实。

街头音乐

"街头音乐家真是令人讨厌",大多数伦敦广场的那些直率的居民这样认为,他们甚至不嫌麻烦地把这简短的批评标饰到一块写有维护广场宁静和财产的规则的木板上。然而,没有艺术家对这批评有所在意,那些街头艺术家恰如其分地藐视着不列颠大众的这种判断。引人注意的是,尽管有如我所指出的那些劝阻——偶尔有警察来强制执行——那些流浪音乐家甚至有可能还在增加。德国乐队就像"女王会堂管弦乐团"一样有规律地每周举行一次音乐会;意大利风琴演奏家也同样忠实于他们的听众,准时地重新出现在同一平台上;除了这些已熟悉的大师,每条街还偶尔有某个浪游明星的来访。这些结实的条顿人和黑黝黝的意大利人肯定是靠某种比能使自己灵魂得到艺术满足更为实质性的东西而生存的,因此,那些不顾音乐的真正爱好者的尊严从起居室窗子里扔出来的硬币,有可能就是在那些广场的台阶上被拣走的。总而言之,是有着一批听众,愿意为甚至像这样一种拙劣的旋律付钱。

在街头能获取成功的音乐，首先必须是震耳欲聋的，然后才是美妙的。因此，铜管乐器就是最为适合的乐器了。而人们也能推论：运用自己的嗓音或小提琴的街头音乐家在这种选择之后肯定有着一个真正的理由。我曾见到过一些小提琴手，当他们在舰队街的人行道上摇晃着时，显然是在用他们的乐器表达自己心中的某种东西。而那些铜板，虽然能被破衣烂衫的音乐家接受，但就像它对所有热爱自己工作的人来说却是一种极其不协调的工钱。有一次，我真的去跟踪过一个穿着破破烂烂的老人，他闭着眼睛，以便能更好地沉浸于他灵魂的旋律中；在一种狂热于音乐的恍惚状态中，他实际上是从肯星顿广场一直演奏到骑士桥。在这过程中一个硬币将是一种令人难受的唤醒信号。人们确实不可能不去尊敬心中有着如此一个神灵的人。因为能占据灵魂以致使衣不蔽体和饥火中烧都被忘却的音乐，就其本质来说必定是神圣的。从他那辛劳的小提琴中发出的乐声确实是可笑的，但他却肯定不可笑。不管取得什么样的成就，我们始终必须小心体贴地对待那些真诚地刻苦着以表达他们内心音乐的人的努力。因为天赋的概念肯定要优越于表现这个概念；而这也并非是一种不合理的推测！那些在车声人声的喧嚣中刺耳地吹拉着乐器以寻求一种从未曾露面的和声的男男女女，拥有着以流畅的雄辩迷惑着千百万人去倾听的大人物一样的财宝，纵然命运注定他们永远得不到手。

为什么广场的居民们看着街头音乐家觉得讨厌也许有着不止一个的理由。他们的音乐骚扰着那些合法居住着的住户。这种手艺的流浪者和他们的异端本性使一颗秩序井然的心灵感到火冒三丈。各种各样的艺术家全都一成不变地受到冷遇，尤其是受到英国人的冷遇。这不仅是因为艺术家性情上的偏异性，而且因为我们已把自己驯化到如此完美的文明高度，以至认为任何内心表现几乎总是有着某种不上品的——而且肯定不严谨的——东西，我们可以观察到，极少有父母亲愿意他们的儿子成为画家、诗人或音乐家，这不仅是因为一些世俗的理由，而且因为在他们的心目中认为艺术所表现的思想和情感是懦弱和矫揉造作的，好的公民应该尽力地去抑制它。在这种情况下艺术肯定是未曾得到激励，而且比起任何其他职业的成员来，艺术家也许更容易坠落到人行道上，这些艺术家所面对的是轻蔑以及毫无忌讳的怀疑。他们被一种普通人无法理解的精神所支配，这种精神很清楚非常的有力，对他们施展着如此之大的影响，以致他们一听到它的声音就总是不由自主地起来跟它走了。

现在，我们对任何东西都不会轻易相信，而且虽然我们对于艺术家的出现感到不舒服，我们还是尽了最大的努力以归化容纳他们。对于那些成功的艺术家，我们从来没有像今天那样给予过如此的敬意。或许我们可以把这看作许多人曾作过的预言的一个信号：在第一座基督教祭坛建起时被放逐的神灵将再次返回来寻欢作乐。许多作家已尝试过追溯这些古老的异教徒，而且声称在伪装的动物和遥远的森林与群山的隐蔽处找到了他们。但是，设想在大家都在搜寻他们时，他们却正在我们中间施展他们的魅力，也并非天方夜谭；而推测那些奇特的异教徒，他们遵照非人之令行事，受到传到他们耳朵中的声音的激励——那是神灵自己或是他们派到地球上来的牧师和先知的声音，这也绝非荒谬之谈。我确实倾向于无论如何也要把这种神的渊源归属到音乐家的身上，或许就是某种这一类的怀疑在驱使着我们如我们现在做的那样去迫害虐待他们。因为，如果捆缠在一起的文字——它们不管怎样总能给心灵传送一些有用的信息——或者涂抹色彩——它们可呈现某个确确凿凿的客体——充其量不过是些可以容忍的使用工具，那我们又该怎样去看待那些把他们的时间花在制造曲调上的人呢？难道他们的职业不是三者中最让人鄙视——最无用和不需要——的吗？即使你花了一天的时间去听音乐，你也肯定得不到任何对你有用的东西，但是音乐家并非仅是有益的生物，对于许多人来说，我相信，他们是整个艺术家的部落中最为危险的人。他是所有的神灵中最狂野者的首领，还未学会用人类的声音说话，或者向心灵传送人类事物的相似物。正因为音乐在我们身上煽起了某种像它一样狂野和无人性的东西——一个我们愿意把它邮走和忘却的精灵，所以我们不信任音乐家，憎恨让自己处于他们的控制之下。

所谓文明化，就是估量我们自己的能力并且使之处于一种完美的纪律状态中。但是我们的天赋之一，在我们的想象中具有如此少的爱心和如此大的伤害力，以致我们不仅没有去培养它，反而尽了最大的努力去残戕和窒息它。我们就像基督徒看待某种东方偶像的盲目崇拜者一样看待那些把自己的生命奉献给音乐这个神灵的人。这种态度也许是源起于一种令人忧虑的先知先觉：当异教神灵回来时，那个我们从未顶礼膜拜的神灵将对我们进行报复。音乐之神将把疯狂吹呼进我们的大脑，粉碎我们心中神殿的庙墙，驱使我们去厌恶我们那种毫无韵律的生活，服从他的命令之声永远地去舞蹈和转圈。

那些若无其事地声称自己（宛如在坦白他们具有某种人类常见的免疫力似的）无法欣赏音乐的人的数量正在增加，供认不讳本来是应该和承认自己是色盲一样令人担忧。为此乐神的使节教授和演出音乐的方式在一定程度上必须承担责任。就如我们所知道的，音乐是危险的，而那些教授音乐的人没有勇气把音乐自己的力量给予音乐，因为他们害怕那将会在孩子身上发生的情况——在喝了这样一剂毒药以后,节奏与和声就像干枯的花朵一样,被压缩进干净利落地划分开来的音阶以及钢琴的全音程和半音程里。音乐最安全和最容易的属性——它的曲调——是教给了孩子,但是作为音乐灵魂的节奏却被允许像有翅翼的生物一样逃逸了。于是,那些学过安全的音乐知识的有教养之士就是那些经常"夸耀"自己需要音乐之耳的人;而那些节奏感从未曾被分离或附属于曲调感的无知无识者,则是挚爱着音乐并且经常在创作着音乐的人。

也许确实是这样:节奏感在那些心灵还未被精心地训练去追求别的东西的人们那儿要更为强烈些;同样,没有任何文明人的艺术的野蛮人,在他们能对音乐作出适当的反应前,对于节奏就极其敏感。心灵中的节拍接近于身体脉动的节拍,故而虽然许多人对曲调一窍不通,却几乎没有人是马马虎虎的,以致在话语、音乐以及运动中竟听不到自己心脏跳动的节奏。就是因为这节奏是我们生来俱有的,所以我们永远不可能让音乐沉默下来,恰如我们无法让心脏停止跳动一样;也正是因为这个理由,音乐才具有了全球性,才拥有那种自然的奇异而无限的能力。

尽管有着所有那些我们用以抑制音乐的手段,可是每当我们让自己放纵于音乐中时(没有任何美妙的绘画或庄重的文字能具有音乐的影响力),它仍然能够支配我们。满屋文明人在乐队的伴奏下按着节律移动是我们已变得习惯了的一种奇特景象,但是也许将来有一天,它将显示出存在于节奏的力量中的巨大可能性,而我们的整个生活都将因之而发生翻天覆地的变化,恰如人类初次意识到蒸汽的力量一样。比如说,手摇风琴由于其天然地强调节拍,能使所有行人的腿都及时地迈步;一支乐队,在那车马声狂乱的中心地区将会比任何警察都更为有效;不仅是车夫,而且连马都会发现自己被约束着去合上这舞蹈的节拍,去跟上那喇叭所指示着的各种速度的疾行或慢跑。这条原理在某种程度上已被军队认识到:军队就是由音乐的节奏鼓舞着步入战场的。当节奏感在每个心灵中都彻底复活时,我们将注意到,如果我没搞错的话,一个极大的进步——它不仅表现在日常生活中所有事务的秩序上——也将出现在写作艺术中(写作艺术是倾向于同音乐结盟的,可是因为它忘掉了它的忠诚而退化)。我们应该发明——或不如记起——那数不清的、我们一直在虐待着的拍子。这拍子将恢复古代人听到和观察到的散文和诗歌的和声。

单调的节奏很容易显得过分;然而当耳朵洞悉了它的秘密,曲调及和声就将与之融合起来,而那些按着节奏准确和及时地进行着的动作,也将随着任何自然的旋律而完成。举例来说,会话不仅将服从于我们的节奏感所指示着的适当的节律，而且也将受到慈善、爱心和智慧的激励，而坏脾气和嘲笑对于肉耳来说，犹如可怕的不谐和音与虚浮音一样。我们全都知道，在听过一支美妙的乐曲后，朋友们的声音就显得不堪入耳。这是因为他们扰乱了和谐的韵律的回声，这回声在此时此刻使得生活成了一个亲密无间的音乐般的整体。看来或许是考虑到这一点，人们才会觉得空中有着音乐声。我们就是为它而总是竖着耳朵；而且它也仅有一部分通过伟大的音乐家才能保存下来，并为我们所聆听到。在森林和寂寞荒凉的地方，一只专心致志的耳朵能够察觉到某种事物巨大的脉动，而如果我们的耳朵训练有素，我们也能听到伴随着这种东西的音乐。虽然这不是人类的声音，但却是我们能够理解的声音，或许就因为音乐并非仅是由人类所创造的，故而它永远也不会显得卑鄙或丑陋。

所以，如果要取代图书的位置，慈善家准会把免费的音乐赠予穷人，这样一来，在每一个街角，就都能听到贝多芬、勃拉姆斯以及莫扎特的旋律声了；有可能所有的犯罪以及争吵很快就会销声匿迹；而手的劳作与心的思索也将顺应于音乐的法则而优美地涌流着。到那时，把街头音乐家或任何译介着神灵的声音的人不视为圣人就将是一种犯罪，而我们的生活也将从黎明到日落都在音乐声中流逝。